角川春樹事務所

序章

今年の春は遅かった。昼になると決まって空が重たく曇る日々が続いているからかもしれない。とはいえ雨が降る訳ではないから、仕事にさして支障は出ない。夜風に雲が消されてしまうのか、朝には晴れやかな空が広がっている。一日の始りとしては何とも心地よいものである。

風太は澄んだ朝の風を頰に感じながら、いつものように飛脚問屋「早兼」に入った。

「旦那、おはようございます」

「お、風太か」

丁度、早飛脚が発つところであった。早飛脚とは日に限りを決めて運ぶ急ぎの便のことである。

「お、伸平が早飛脚か。何日限ですかい？」

「六日限の幸便です」

「そりゃ、邪魔しちゃいけねえ。伸平、気張ってこいよ。帰ったら一杯やろうな」

風太が背をぽんと叩(たた)くと、伸平は嬉しそうに頷(うなず)いて弾(はじ)かれたように飛び出していった。

「今日の風太は……」

旦那は帳面を捲(めく)りながら言った。

「並便です」

並便はその名の通り、一般的なもので最も遅い代わりに一番安価な飛脚である。十日限と謂(い)い、江戸から大坂まで丸九日かけて運ぶ。値は一回三十文である。並便は到着の日付を指定出来ない。それをしようと思えば幸便を選ばなくてはならない。

幸便は十日限が六十文で、並便の倍の値となる。八日限は銀一匁(もんめ)、七日限では銀一匁五分と、短くなるごとに値も高くなっていく。幸便の中で最速は、先ほどの飛脚の六日限という、ほぼ確実にまる五日で大坂に届けるものである。これは並便の八倍以上の金一朱とかなり値が張る。

「今日は一段と早いな」

「夜明け前に目が覚めちまったんで」

「何だ？　嫌な夢でも見たのか？」

「そんなところでさ」

風太は苦笑しながら支度を始めた。実際、悪い夢に眠りを妨げられたのだから、内心どきりとした。

「どうせ女にふられる夢だろう」

「よくお分かりで」

旦那と軽口を言い合っている時、どこかの商家の丁稚が駆け込んできた。

「すみません。仕立てて貰えますか⁉」

仕立てとは文一通のためだけに特別に飛脚を走らせることを指す。これが六日限よりも早く着く唯一の手段で、幸便と比べても段違いに高くつく。

「何日限だい？」

「四日限で」

四日限となると四両二分、実に並便の六百倍である。

「承った」

旦那は仕事では無駄口は叩かない。そんな急ぎとは何の用だなどとは口が裂けても言わないのである。内容に関しては客が話さぬ限りは訊かない。それが文を扱う飛脚問屋の矜持である。

ちなみに最も早いのは三日限、並便の千五百六十倍ほどの値。風太は飛脚になってから、一度だけこれを依頼した者を見たことがあった。依頼主は米問屋であったから恐らく相場に関することだろう。

「あっしが行きましょう」

風太は草鞋（わらじ）の紐（ひも）を固く締めていく。

「いや、お前は昨日も早飛脚だ。今日は並便でゆるりと行ってくれ。孫八（まごはち）！」

奥に待機していた孫八がすっと顔を出す。

「仕立てですか。あ、風太の兄貴、おはようございます」

こちらに気付いたようで、孫八はぺこりと頭を下げた。

「すまねえな」

「何で兄貴が謝るんだ。昨日も早飛脚だろう？　俺は昨日一日休みですぜ。力が有り余っていますよ」

旦那が丁稚とやり取りをしている。仕立てともなると額が額だけに、先払いではなく、後で集金に行くことになる。その証文を拵（こしら）えているのだ。

「孫八、かみさん来月くらいだったよな」

「ええ。いよいよ生まれます」

孫八の子が生まれる予定なのだ。

「これ」

風太は囁きながら一分金を握らせた。早兼の飛脚は、近場の文を届けるような比較的楽な日もあるが、大抵は江戸大坂便の繋ぎの第一走者を担う。これが一日に何回もある場合もあり、過酷なために休みの日も多い。次にいつ孫八に会えるか分からず、今のうちに渡しておこうと思った。

「いや、何だい――」

風太は指を口に当てて息を吐く。孫八も客が近くにいることを思い出し、声を落とす。

「こんなもん貰えねえよ……」

「お前にじゃねえ。かみさんに。滋養のあるもんでも食べさせてやんな」

風太が肩を軽く小突くと、孫八は頭を二度、三度下げて言った。

「いつも気に掛けてくれて、ありがとうございます」

「気にすんな。整ったみたいだぜ」

「じゃあ、行ってきます」

「おう！　気合い入れて走れよ」

風太は威勢よく送り出すと、一度締めた草鞋の紐を解いた。今日運ぶ並便の文を選り分けるのである。客を送り出した旦那が声を掛ける。

「風太、若いもんにやらせろ」

「俺もまだまだ新米ですぜ」

「確かにまだ三年だが、お前ほどの働き者は見たことねえよ。脚も速い。皆も慕っている。もう一人前を通り越して、三人前さ」

「ありがとうごぜえやす」

風太は面映ゆくなって俯(うつむ)いた。

「いや、本当にうちに来てくれてよかった。これからも頼むよ」

「へい」

風太は鼻の下をちょいと指で擦(こす)った。昔から足腰には自信があった。幼い頃、かけっこをしても誰にも負けなかった。それだけの理由で志(こころざ)した飛脚である。旦那は嫌な顔一つせず色々教えてくれたし、仲間も皆気のいい奴らばかりである。彼らに巡り合えたことに感謝していた。

そして今一人、風太が出逢ったことを感謝している男がいる。その人とはもう三年会っていないし、これからもきっと会うことはないだろう。

でもこの江戸の町のどこかに、いるはずなのだ。

——旦那、ありがとうな。

風太は旦那と呼ぶもう一人の男、その人を脳裏に思い描きつつ、誰かの大切な想いが籠(こも)っているであろう文をそっと選り分けてゆく。

春はまだか

くらまし屋稼業

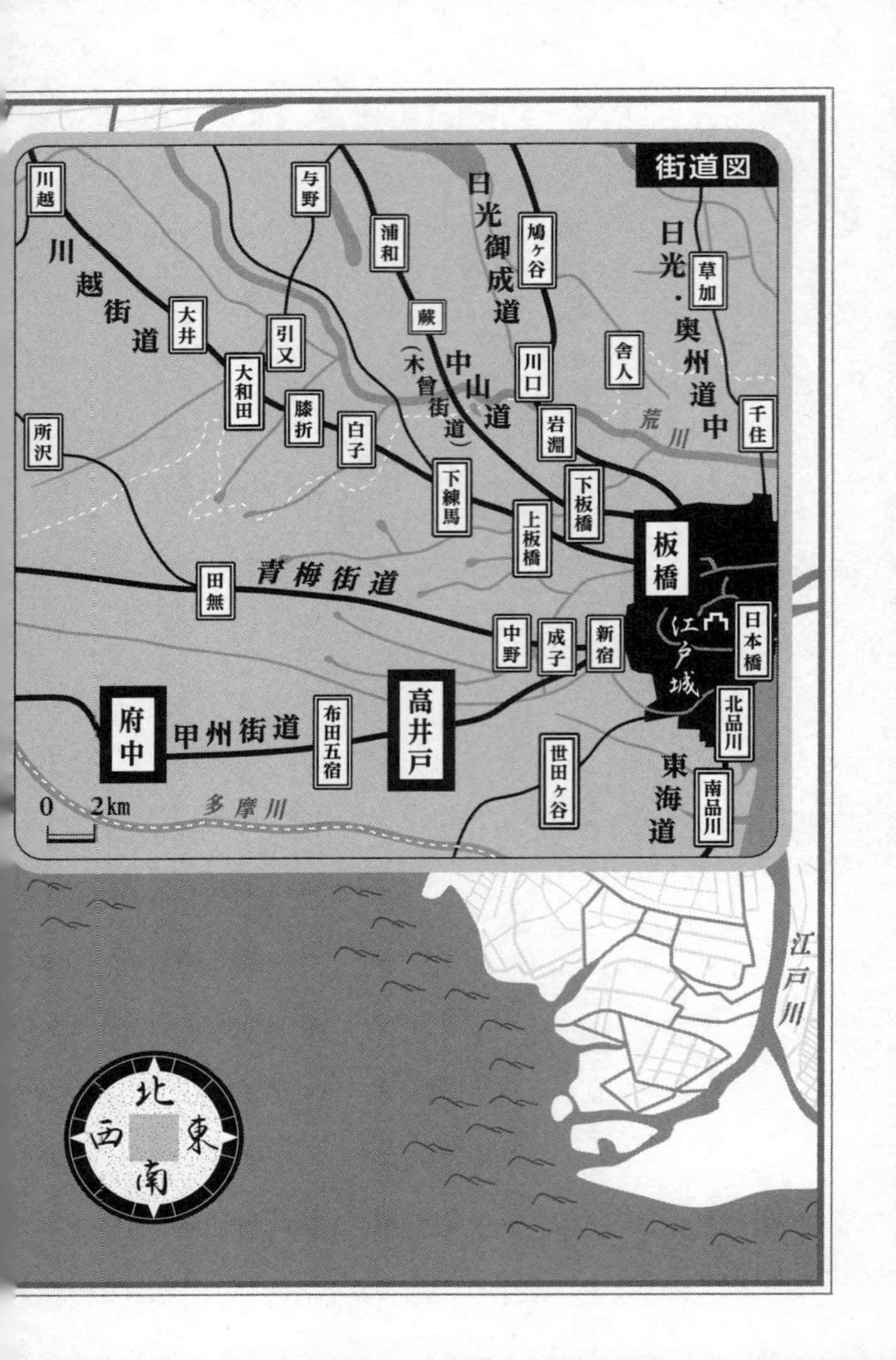

街道図
川越
与野
浦和
鳩ヶ谷
日光御成道
日光・奥州道中
草加
川越街道
大井
引又
蕨
中山道
（木曾街道）
舎人
川口
大和田
膝折
白子
岩淵
千住
荒川
所沢
下練馬
上板橋
下板橋
板橋
田無
青梅街道
江戸城
日本橋
中野
成子
新宿
府中
甲州街道
布田五宿
高井戸
北品川
世田ヶ谷
東海道
南品川
0
2km
多摩川
江戸川
北
西
東
南

地図製作／コンポーズ　山﨑かおる

主な登場人物

堤平九郎（つつみへいくろう）　表稼業は飴細工屋。裏稼業は「くらまし屋」。

茂吉　日本橋堀江町にある居酒屋「波積屋（はづみや）」の主人。

七瀬　「波積屋」で働く女性。「くらまし屋」の一員。

赤也　「波積屋」の常連客。「くらまし屋」の一員。

留吉　日本橋にある呉服屋「菖蒲屋（あやめや）」の主人。

お春　武州多摩の出。「菖蒲屋」に奉公に上がっている少女。

風太　本郷にある飛脚問屋「早兼（はやかね）」の飛脚。

坊次郎　日本橋南守山町にある口入屋「四三屋」の主人。

万木迅十郎（ゆるぎじんじゅうろう）　「炙り屋」を名乗る裏稼業の男。

篠崎瀬兵衛　宿場などで取り締まりを行う道中同心。

目次

くらまし屋七箇条

一、依頼は必ず面通しの上、嘘は一切申さぬこと。
二、こちらが示す金を全て先に納めしこと。
三、勾引かしの類でなく、当人が消ゆることを願っていること。
四、決して他言せぬこと。
五、依頼の後、そちらから会おうとせぬこと。
六、我に害をなさぬこと。
七、捨てた一生を取り戻そうとせぬこと。

七箇条の約定を守るならば、今の暮らしからくらまし候。
約定破られし時は、人の溢れるこの浮世から、必ずやくらまし候。

第一章　幼い逃亡者

一

夜になると底冷えする土蔵の中で、お春は膝を折って震えていた。辺りには木箱や葛籠が沢山あり、中には呉服の在庫や売れ残りが詰まっている。使い古され、表が黒ずんだ畳一枚と、薄い掻巻だけを与えられている。鼠が数匹いるのは解っている。初めは驚いて声を上げてしまったが、すぐにそれにも慣れてしまった。

震えているのは、折檻を受けた痛みのためではない。主人の留吉、女将のお芳への怒りでもない。幾らかの焦燥感があるものの、残りは全てが哀しみであった。

――おっ母……。

武州多摩で病に苦しんでいる母に届けと、お春は何度も心の内で呼びかけている。母は病の身であった。畑仕事には出られないが、それでも今すぐ死ぬというほどではなかった。その母が安心して療養出来るように、お春は江戸に奉公に出ることを決めたのだ。

それが多摩から届いた文によると、昨今は粥も喉を通らぬことがあり、日に日に弱っていっているという。母も何かを感じたのか、あと一月も生きられないのではないかと弱音を吐いているらしい。

今生の別れになるかもしれないから、一度お暇を頂いて、顔を見せて欲しい。父からの文にはそう書いてあった。厳密に言うと、父は字を書けない。村の名主か誰かに頼み、代筆してもらったのだろう。

——風太さんの言ったことは嘘だったのかな……。

母のこと以外に、時々思い出すのはそのことであった。

お春は母に会いにいこうとしたが、主人の留吉が許さなかった。お春は最後の手段として、着の身着のまま「菖蒲屋」から逃げ出したのである。

風太とはその時に助けてくれた飛脚の名である。手引きしてくれた訳でもなく、道を尋ねただけの間柄。いわば偶然出会った人に過ぎない。それなのに風太は親身になって助けてくれた。

逃げきれないと見た風太は、お春に「あること」をするように命じ、それをする間の時を稼ぐと、追手を遮ってくれた。

お春はそれをしてのけた後、追手に捕まり、こうして土蔵に押込められているという訳であった。日に二度の質素な食事は出るものの、一歩たりとも外に出して貰えない。牢獄のような暮らしをもう三日もしている。

主人の留吉はそれでも飽き足らず、何やら人を雇って交代でこの土蔵を見張らせているようである。外から漏れ聞こえてくる内容で、お春はそれを察していた。

たった一人の奉公人、それも子どものお春を、ここまで厳重に捕らえているのには訳があった。

お春が日本橋で商いをする呉服屋「菖蒲屋」に奉公に出たのは、二年前の宝暦元年（一七五一年）のことであった。お春の父はしがない小作人である。父母は昼には田仕事、夜は筵編みの内職と、休むことなく働いていたが、一度不作となれば、たちまち行き詰まるほど暮らしは貧しい。故に、お春も六つになったばかりの幼い頃から、父母を手伝っていた。

お春には与吉という二つ下の弟がいる。とても他人に自慢出来るような家ではないが、それでも跡取り息子である。

――与吉には大きくなってもらわなくちゃ。

お春は幼心にもそう思い、腹を膨らませるために作った薄い粥でも、一度たりとも腹一杯に食べたことはない。与吉に少しでも多く食べさせたいからである。

お春が八つになった寛延三年（一七五〇年）、その年は夏になっても暑くならなかった。お天道様が病になったのか、はたまた夏の在り方を忘れてしまったのか、早くも初秋のような風が吹き続けた。涼しすぎる夏であったからか、稲の実りは例年よりも悪く、虫が蔓延って枯れる田も続出した。お春が生まれて初めて経験する本格的な凶作である。名主も配慮して幾らかは納める米の量を減らしてくれたが、それでも親子四人、すぐに明日食うにも困るようになった。

冬を越せるようにと、父母はただでさえ多い内職を増やした。母が病に倒れたのはその直後のことであった。今の状況で働き手が一人減ることは、家族の全滅を意味する。そこまで追い込まれていることを、お春は薄々解っていた。

「江戸に出てお店に奉公したい」

ある日の夕刻、お春はほとんど重湯に近い粥を煮ている父に向けて言った。

未だ見ぬ江戸は空前の好景気に沸いている。農村では口減らししたいほどであるのに、猫の手も借りたいほどらしい。同じ小作人をしている茂兵衛さんがそう言っていた。その茂兵衛さんの娘で、一つ年下のお杵ちゃんが、最近見知らぬ男に連れられて行くのをお春は見た。茂兵衛さん夫婦は男にお辞儀をし、重そうな袋を受け取っていた。あれは江戸から田舎へ奉公人を探しに来ていた者だろう。いわばお杵ちゃんは売られたのである。

「それは……」

父も意味を察したようで苦渋に満ちた表情を浮かべた。お春は目一杯の笑みを作ってみせた。

薄い茣蓙に臥している母も、躰を震わせながら半身を起こして俯いた。茣蓙を涙が濡らしている。与吉はその意味が解らぬようで、姉ちゃんだけずるいなどと口を尖らせている。

「与吉、ごめんね。私だけ江戸に行ってしまって」

このまま、このまま。そう何度も自分に言い聞かせ、微笑みを崩さなかった。そうでもしていなかったら、きっと泣いてしまうから。そうなってしまっては意味が無い。私は自分の意思で行く。大人には嘘と分かり切ったことでも、認めなければ嘘にはならない。それどころか演じていれば、自分も楽しくなってくる。それが短い半生において、お春が学んだ一番大切なことであった。

こうしてお春は、身売り同然に菖蒲屋に奉公に上がったのである。

奉公は想像していた以上に、辛いものであった。幼い頃から猫の額ほどの田畑を耕し、夜なべをして内職を手伝っていた。働くことの厳しさには慣れていた。辛いと感じたのは別のことである。

主人の留吉は大和（やまと）の豪農の次男で、父から貰った金を元手に江戸で呉服屋を始め、一代で人並み以上の身代を築いた。その苦労からか酷い吝嗇（りんしょく）家であった。小指の先ほどの端切れでも落とそうものならば、口汚く罵（ののし）るのである。

それ自体はお春の辛さには直結しない。他の奉公人には厳しく当たるのに、お春にだけはそのようなことが一度たりともなかったからである。

——旦那様は私の働きぶりを認めて下さっているのだ。

奉公して初めのうちはそう思った。しかし半年も経つとそれが間違いであったことに気付いた。留吉の自分を見る目が他の奉公人と、

——違う。

のである。決定的になったのは、女将のお芳が習い事の仲間と待乳山（まっちやま）参詣に出掛けた時である。留吉は話があると呼びつけて自室に招き入れると、急に袖を引いて押し倒してきたのである。

お春は訳が解らずに動顛（どうてん）した。

「黙っておれば悪いようにはせぬ」

留吉は痘痕（あばた）のある顔を近づけ、生温かい息を吐いた。

お春はようやく留吉の意図するところを理解した。若い手代たちが留吉やお芳の目を盗んで、そのようないかがわしい話をしているから、朧気（おぼろげ）ながらに知っていたのである。

だがどうしても理解出来なかったのは、自分はまだ齢（よわい）十一の子どもなのだ。大人のことではなかったのか。目まぐるしく思考が巡り、そこまで考えた時には叫び声を上げてしまっていた。

留吉は慌てたが、たまたま近くにいた番頭が何事かと障子を開けた。番頭は目の前の光景に息を呑（の）み、暫（しば）しの間なにも話さなかった。

「助け……」

「違う！　お春が私の部屋へ忍び込み、棚を漁（あさ）っていたのだ。だから取り押さえようと！」

留吉はお春の声を遮って、金切り声で喚いた。

お春は懸命に違うと言おうとしたが、

（ここにおられぬようになるぞ。父御や母御、弟が食うに困ってもよいのか）

と、留吉は耳元で囁（ささや）いたから、言葉を呑み込まざるを得なかった。

お春の暮らしは一変した。

留吉はお春が金を盗もうとしたと言い触らし、他の奉公人からは今までお春が特別扱いされていた分、酷い苛めに遭うようになった。すれ違う時に脛を蹴られる、抓られるなどはまだましなほうで、食器を壊されたり、寝具に油を撒かれたりしたこともある。

留吉もこれまでと異なり、ことさらに近づこうとはしないし、苛めも見て見ぬ振りを決め込んでいる。

中でもお春が恐ろしかったのは、女将のお芳の存在であった。他の者が留吉の嘘を信じているのに対し、お芳だけは真相に気付いているとお春は直感した。ならば邪険にする必要はないように思われるが、お芳はお春のことを般若のような目で睨みつける。お春にはよく解らないが、お芳には盗み以上に腸が煮えくり返ることがあるように思えた。

そんな地獄のような日々を半年ほど送っていた時、菖蒲屋にある異変が起こった。近くに「暖屋」という呉服屋が新たに出来たのである。何でも大坂を拠点にして勢いのある店らしく、京、伊勢松坂、尾張名古屋と次々に支店を出して成功を収め、満を持して江戸に乗り込んできたらしい。

「まずいんじゃないかい」

気の強いお芳も流石に焦ったようで、主人の留吉に不安を吐露した。しかし留吉は余裕たっぷりといった様子であった。

「上方では威勢がよかったかもしれないが、うちはそうそう負けねえさ」

留吉が言ったように、一月もしないうちに暇屋が引き上げるという噂が立ち始めた。各地で大いに売り上げてきた暇屋も、江戸では十分の一の売り上げもないのである。

「他では安いものが売れるかもしれねえが、江戸では無理さ」

暇屋は安いものを餌に客を集め、後に高価な反物も勧めていくという手法で、各地の支店で成功を収めた。何故江戸ではこれが上手くいかないかというと、単純に呉服を商う店の数が多いことにある。安い反物を取り扱う店、高価な反物を置いている店とすみ分けがしっかり出来ている。

菖蒲屋は後者のほうである。太い客は長年に亘って付き合いがあり、そもそも安い反物などに興味が無い。つまりその手法では菖蒲屋の牙城を崩すことは出来ないのである。

「心配して損したよ」

「長年の信用がものをいうのさ」

お芳もすっかり胸を撫(な)で下ろし、留吉も得意顔で鼻を鳴らしていた。

その間にもお春の雑用は日に日に増えていった。奉公人が平等に務めていた使いもその一つで、殆(ほとん)どがお春に押し付けられるようになった。

ある日、使いに出ていると、背後から声を掛ける者があった。お春はその男に見覚えがあった。曖屋の主人、亀之助(かめのすけ)である。恰幅が良く、黒々とした大きな目が特徴的であった。聞いた話によると確か歳は三十五、六だったはずである。その若さで支店をあちこちに出していると、留吉が忌々しそうに話していたのを覚えている。

「嬢ちゃん、菖蒲屋の子やな」

「はい……」

亀之助は上方訛(なま)りで話し、笑みを浮かべながら近づいて来る。

「少し話さへんか？」

「でも……お使いの途中だから」

早く戻らないとまた留吉やお芳にどやされる。他の奉公人にも嫌味を言われるだろう。そして何よりあの一件以降、お春は男の人のことを、

――怖い。

と、思うようになったのである。亀之助は周囲を見回しつつ言った。

「なら端的に言おう。うちで働く気はあらへんか?」

「えっ……」

意外な提案にお春は声を詰まらせた。

「辛い目に遭ってるんやろう」

ここのところ優しい言葉を掛けられたことが無かったので、一気に目頭が熱くなるのを感じた。

「でも年季が……」

お春が奉公するにあたり、幾らかは知らないが実家に金が支払われている。それに見合うだけ働くまではお春は自由にはなれないのである。

「金なら儂(わし)が払おう。でも菖蒲屋は儂のことを目の敵(かたき)にしとる。正面から嬢ちゃんを引き受けるなんて言おうもんなら、引き抜きやて目くじら立てよるやろ。一計を案じやなあかん」

亀之助は斜め上に視線をやって考えるような素振りを見せると、右の拳をぽんと左の掌(てのひら)に打ち付けた。

「お嬢ちゃんの親族が大金残して亡くなったことにすればええ。そっから回ってきた金なら、菖蒲屋も文句のつけようがあらへん」

「なんで……私なんか」

「お嬢ちゃんの働きぶりに感心した……て、言うても信じへんやろな」

お春は田舎者ではあるが馬鹿ではない。暇屋ほどの身代になれば、奉公人など幾らでも渡りが付く。わざわざ大金を使ってまでお春を引き取る必要はない。お春の疑いの目に気付いているらしく、亀之助は溜息をつきつつ続けた。

「お嬢ちゃん、留吉に嫌な目に遭わされたんやないか?」

とくんと胸が高鳴り、動悸が激しくなりかけるのをぐっと堪(こら)えた。

「何でそれを……」

「人の口に戸は立てられへん。菖蒲屋の番頭が居酒屋で話してたんを聞いたもんがいるんや」

確かに留吉に襲われそうになっていたのを番頭は見た。留吉は暴挙を止めたものの、言い訳のためにお春を盗人扱いしたのである。番頭もまた真相に気付きながら、口を噤(つぐ)んでいたということである。

「暇屋は京、伊勢、尾張と商いで成功を収め、満を持して江戸に乗り込んできた。ここで負ける訳にはいかん。しかし菖蒲屋は儂が思っていた以上に客との繋(つな)がりが強く、容易くは切り崩せへんようや」

「うん……菖蒲屋は義理を大切にするから」

自分の人の好さが嫌になる。あれだけ酷い仕打ちを受けていながら、菖蒲屋が褒められると少し嬉しい気持ちが湧き上がっている。

「ちょっと脇に寄ろや」

人目を気にしているのか、亀之助は再び周囲に目を向けながら往来の脇へと誘った。

「嬢ちゃんは賢しそうやから、隠し立てはせん。儂は留吉の正体を暴いて世間に晒してやりたいと思うている。だから嬢ちゃんが受けた仕打ちを話して欲しいんや」

亀之助がお春を引き抜きたい訳が分かった。留吉の裏の顔を世間に知らしめ、菖蒲屋の信用を失墜させようと目論んでいるのである。畷屋はその隙に客を取り込もうという腹なのだ。

「でも、私の話なんて誰も信じない」

「いいや、それはちゃうで」

亀之助はただでさえ丸く大きな目を見開くと、一拍置いて低く言った。

「正義は金で大きくなる」

「そんな……」

「正義ちゅうもんはか弱いもんや。そのまんまぶつけても悪を破ることは出来へん。

大きく育ててからぶつけやなあかん。なんぼ綺麗ごとを言おうが、そのためには金が要る」

亀之助が言わんとすること、金が重要だということだけは朧気に理解出来た。確かに金さえあれば、自分も家族と離れ離れになることはなかった。父母も弟の与吉も、そして自分も、お天道様に顔向けできぬことなど何一つしていない。それでも金が無かったせいで、このような境遇になっているのだ。

亀之助はちょっと渋い顔になり続ける。

「そやけどな。世の中は上手いこと出来とる。そこに一片の真実が無いと、いくら金を使っても話を膨らますことも出来へん……真実の種があってこそ木が育つちゅう訳や」

「よく、分からない」

「ちと難し過ぎたかな。ともかく嬢ちゃんの話が必要という訳や。話してくれさえすれば、儂が必ず大事にしたる……まあ、考えといてや。返事はまた聞かせて貰うわ」

亀之助は相好を崩すと、踵を返し、ゆっくりとした足取りで歩み始めた。

菖蒲屋を逃げ出せば家族に迷惑が掛かる。ずっと地獄のような日々が続くと思って諦めていた。お春は目の前に一筋の光が差し込んだような心地で、亀之助の広い背を見送った。

二

　お春が台所の隅で冷や飯を食べていると、勢いよく戸が開き、留吉が入って来た。見下ろす顔は憤怒に染まり、鬼の形相のように見えた。固まったお春に、留吉は地を這うように低く言った。

「お春、昼間誰と会っていた」

「え……誰も……」

「ごまかすな！」

　留吉はお春の手を強かに払った。茶碗が転がり、半ば乾いた飯が団子のように飛び出す。他の奉公人たちも何事かと集まってくる。留吉は唾を飛ばして怒鳴る。

「畷屋の亀之助と話しているのを見たと、下駄屋の主人が話していた。何を吹き込まれた！」

「何も……」

「そのような訳があるか……馬鹿にしおって！」

　留吉は手を振りかぶってお春の頬をぶった。顔がぐわんと動き、徐々に痛みが湧き上がって来て涙が零れる。

「ともかく、二度と店の外に出るな。分かったな！」

留吉はそう言い残すと、激しい跫音を残して去っていった。

――誰か……助けて。

お春が心の中とはいえ、弱音を吐いたのはこれが初めてのことであった。

こうしてお春は一切の外出を禁じられた。使いに出せないということで、他の奉公人たちにしわ寄せが行き、そのことで苛めもまた酷さを増した。

そんな時、多摩の実家から菖蒲屋に火急の報せが届いた。母の容態が急変したのだという。奉公に出されたとあっても、このような事態ならば数日の暇を貰えるのが普通である。しかし留吉はお春が故郷に帰ることを許さなかった。

「お願いします。一目おっ母に会うだけでいいんです。決して他に誰とも口を利きません」

お春は何度も何度も頭を下げたが、留吉は、

「お前にまた亀之助が近づかないとも限らない」

と、眦をつり上げて首を横に振るのみである。

亀之助はあの手この手を駆使して菖蒲屋の評判を落とそうとしている。あと半年も

すれば暖屋も根負けして上方に逃げ帰るだろう。それまでの辛抱だと、留吉は妻のお芳、番頭から丁稚までの奉公人に宣言している。そのような状況だから、お春への監視の目はいよいよ厳しい。

お春は腹を決めた。

——逃げ出そう。

夜は他の奉公人たちと相部屋で眠っているため、一人でも目を覚ませば終わりである。かといって昼は、亀之助が接触してきたことが露見して以降、店先に出ることすら許されていない。

唯一の例外は朝、店の前を掃き清める時だけである。この時に何とかして逃げ出すしかないと考えていた。しかも「今時分の雨の翌日」がいいと思っていた。

雨が降ったのは、意を決してから三日目の夜半のことである。

小さな巾着を帯の中に仕舞い、早朝の掃除に出た。銭は僅かしかない。使いに行った先の客がくれた駄賃をこつこつと貯めてきたものである。二、三度飯を食べれば尽きてしまうが、お春にとっては虎の子の銭である。

掃除をするのは丁稚などお春を含めて七人。輪番で手代が監督することになっている。中でもお春は厳しく見張られている。

「さあ、急げ。時間が無いぞ」

手代が焦るのには訳がある。菖蒲屋のすぐそばに桜の木があり、春になると満開に咲き誇る。そして雨ともなれば多くの花弁を散らす。

落ちた花弁は咲いていた頃の美しさは見る影もなく、黒ずんで薄汚れている。これが水に濡れて地に張り付く。

「箆(へら)を取ってきます」

踏みしめられて硬くなった地に張り付いた花弁は、竹箒で掃いても形を崩すだけで取れない。半数が箆を手にして、地面にへばりついた花弁を剝(は)がそうとする。ともかくこの季節の雨の翌日が、一年の内、最も掃除に手間が掛かる。店の周りを一周清めるのに、実に通常の三倍の時を要し、その分皆が懸命に掃除に集中する。時には手代も丁稚に加わるほどである。

——早く来て。

お春は祈りながら竹箒を動かす。丁度その時、辻を折れて来る老人が見えた。近所の小間物屋のご隠居で、毎朝決まった時刻に飼い犬を連れて散歩に出る。このご隠居、とにかくお喋(しゃべ)り好きで、日替わりの手代を捕まえては毎日同じような話をだらだらとしていた。

「おはよう。精が出るね」

「ご隠居もお元気そうで」

手代は嫌そうな顔付きになるが、あまり邪険にする訳にもいかず応対を始めた。その瞬間、お春は掃き清めながら店の角へ移動を始めた。そしてその角を折れた瞬間、竹箒を放り出して駆け出した。

何も考えはしない。故郷の多摩に向けて走る。江戸に住んで短くはないが、菖蒲屋の近辺以外の地理は詳しくない。新たな朝を彩ろうとする太陽を背にしてひた走った。多摩に戻ったとしても、菖蒲屋の追手が来て連れ戻されるだろう。それでも構わないのだ。

——おっ母に一目会いたい。

という目的を達成すれば、後にどんな苛烈な仕置きが待っていても耐えるつもりである。

僅かに掛かっていた朝靄が晴れてきて、往来に人通りも増えて来る。先の道が解らず、すれ違う飛脚に呼びかけた。

「すみません！　ここはどこですか？」

「ここは神田鍛冶町だぜ。嬢ちゃん朝早くからどこにいくんだい？」

飛脚はその場で軽快に足踏みしながら訊き返してきた。

「武州多摩」

「そ、そりゃ、無茶だ。おっ父か、おっ母はどうした？」

「そのおっ母が病なの」

「なるほど。そういう訳か。それならこの道をずっと進みな。武家屋敷を抜ければ飯田町に出る。その先は番町、四谷御門と行けばいい。分からなかったら訊くことだな」

「えーと……番町……」

「四谷御門だ」

「四谷御門……」

「だーっくそ、仕方ねえ。途中まで一緒に行ってやるよ！」

「いいの⁉」

お春は喜びのあまり、逞しい飛脚の脚に抱き着きそうになった。

「こんな仕事だからな。俺はおっ母の死に目に会えなかったのさ。これも死んだおっ母の思し召しかもしれねえ。ついてきな」

飛脚はお春の脚に合わせて先ほどよりも随分遅く走り出した。暫く行くと、飛脚が振り返って尋ねてきた。

「嬢ちゃん、名は何て謂うんだ」

「お春」

「本当かよ……」

飛脚は絶句して再度振り返った。

「どうしたの？」

「俺のおっ母の名もお春だったんだよ」

「そうなんだ……おじさんお名前は？」

「風太だ。まだおじさんて歳じゃねえんだがな……まだ二十五だぜ」

風太は埃で汚れた頰を手の甲で拭った。確かに顔が煤けているため老けて見えたのかもしれない。汚れが取れると、目尻に小さな泣き黒子があることが分かった。それが目元を可愛らしくしており、むしろ童顔とさえ思えてきた。

「朝に報せが届いたのかい？」

続けて風太は訊いてきた。

「ううん……もう五日も前」

「何で今まで帰らなかったんだ！」

風太は少し怒った顔になり語調を荒くした。

「出して貰えなかったの」

お春の息が弾む。随分暖かくなったとはいえ、朝はまだ冷える。お春の口から、途切れ途切れに白い息が浮かんで消えた。

「どっかに奉公しているのか？」

答えるのに一瞬躊躇(ためら)った。この風太が菖蒲屋と無関係だとは言い切れない。万が一知己であれば連れ戻されることも考えられるのだ。

風太は溜息をついて脚の回転を緩め、お春に並ぶように走った。

「心配するな。お春みてえな小さな娘が逃げて来たのなら、よっぽどの覚悟だろう。連れ戻したりはしねえから、言っちまいな」

「菖蒲屋っていう呉服屋」

「留吉のとこだな」

即座に風太が答えたものだから、胸が痛くなるほど驚いた。風太は片手で拝むようにしてみせて続けた。

「すまねえ。驚かすつもりはねえ。仕事柄詳しいのさ」

「そうなんだ……」

「あいつには、あんまりいい噂は聞かねえな」

「どんな……？」

　自分がされそうになったことを指しているのかと、恐る恐る訊いてみた。

「俺の知り合いが料亭の『楢山』ってところで通い女中をやっているんだが、胡乱な侍と同席していたらしい。それも三度、四度とな。あれは役人への賄賂の算段じゃないかって言っていたっけな」

「へえ……」

　自分の受けた仕打ちとは別のことである。留吉が寄合だと言って夕刻に出て行ったことは何度もあるが、そのようなところに行っていたとは知らないし、知ろうとしたこともない。

「お春には難し過ぎたな。よしもうすぐ飯田町……」

　再び少し先を走り、振り返った風太の顔が強張った。その視線はお春の後方に注がれている。

「お春、見つかったみてえだぞ」

「えっ――」

　お春も勢いよく首を振った。まだ二町（約二一八メートル）ほど距離はあるが、複数の男が向かって来る。中にはこちらを指差して叫んでいる者もいるため、追手と見て間違いはない。

「ありゃ鳶だな……」

風太は目を細めた。目が頗る良いらしい。

火消の配下である鳶の中には、商家に出入りして小遣いをせびる者も多い。商家としても、迷惑な客を追い払う時や、吉原で登楼したきり戻らない放蕩息子を連れ戻させるなど、荒っぽい雑用にこれを利用するという、持ちつ持たれつの関係が出来上がっていた。

「どうしよう……」

ここまで走って来てすでに疲れが出ており、脇腹が軋むように痛かった。懸命に足を動かすが、これ以上の速さで走ることは出来そうにない。

「五人か。とてもじゃねえけど追っ払うことは出来ねえな」

「もう駄目……風太さんありがとう。逃げて」

お春は諦めた。逃げるなど浅はかな考えだったのだ。どうせ間もなく捕まるのだから、無関係の風太を巻き込みたくはなかった。

風太はぽつりと言った。

「そんなことない……」

迷惑ではないということだろうか。嘘であろうが、そのように思って貰えることだけでも、今のお春には救いであった。

「馬鹿野郎」

風太はお春の腕を取って引っ張りながら駆けた。追手は先ほどよりも近づき、すでに一町（約一〇九メートル）を切っている。

「子どもなんだから、もっと怖がればいいんだ。子どもなんだから、泣いたっていい。子どもなんだから、助けてって縋れればいいいんだ！」

目から一気に涙が溢れ出て、お春は何も言えなかった。

「諦めるな！　今、考えてる！」

風太は叫ぶと歯を食い縛って、さらに強く腕を引いた。

「助けて……おっ母に会いたい……」

絞るように言うと、風太は頷きながら独り言を繰り返す。

「どうにかならねえか……どうにか……」

何か閃いたようで、風太は唐突に問いを投げかけて来た。

「お春、俺を信じるか？」

「うん」

出逢って四半刻（約三〇分）ほどしか経っていないが、お春が江戸に出てきて、これほど信頼出来る大人に出逢ったのは初めてと断言出来る。何の得にもならないどころか、追手がいることが解っても逃げ出そうとしないのである。

「お春、気張れ」

風太は何故か手を離し、肩に担いでいた三尺棒を滑らして状箱を取った。

「すまねえ……飛脚失格だ」

風太は自分自身に詫びるように言うと、状箱から封書を取り出す。そして文の包み紙を取ると、状箱と三尺棒を放り投げた。

「何を……」

「脚を動かせ！」

風太は叱咤するや否や、己（おのれ）の人差し指を嚙（か）んだ。指先から血が流れる。左手で紙を広げ、走りながらも器用に血で文字を書いていく。お春は懸命に足を動かし続けた。

後ろからの怒号がはきと聞こえる。もう距離は半町（約五四メートル）ほどしかないだろう。

――あやめや　春

お春は奉公に出てから簡単な読み書きは覚えた。書きなぐったような字で些か解りにくいが、何とか読めるだろう。

「いいかお春、落ち着いてよく聞け」

「分かった……」

紙に血文字を書いてどうするというのか。通常ならば気が狂れたと思ってしまうに違いないが、風太がまともであることがお春には解った。その日に一点の曇りも感じなかったからである。

「お前はどちらにせよ捕まる」

風太の希望の無い一言に、お春は背筋がひやりとし、絶句するほかなかった。ならば何をしてももう一緒ではないのか。風太もお春を引っ張っているからか、流石に息が切れて始めていた。短く呼吸をしながら、なおも続けた。

「俺が足止めをする。お前は先に行け」

「でも――」

「聞け！　もう時が無い！　俺は取っ捕まるだろうが、まさか命まで取られやしねえ。本当にさっき会ったばかりなんだ。お春のことを何も知らねえんだ」

風太は最初は厳しく、後につれ優しく話した。もし兄がいたとすればこのように頼もしく思ったのかもしれない。お春はこのような時ながらそう思った。

「少ししか時は稼げねえ。多摩までは到底無理だ。この先ずっと行ったところ、蟋蟀橋を渡り、飯田町中坂通に田安稲荷という社がある」

「蟋蟀橋……飯田町中坂通、田安稲荷」

「そうだ。迷ったら訊け」

風太はそう言うと、先ほど血で文字を書いた紙を握らせた。

「その稲荷に石造りの狐が二つある。玉を咥えているほうの狐の裏にこれを埋めろ」

「埋める……それで何が起こるの⁉」

「捕まっても必ず会いに来てくれる！　信じろ！」

まさか稲荷がという訳ではないだろう。ただ風太は大真面目である。

「何で……何であったばかりなのに……」

「仕事でおっ母の死に目に会えなかったてのは嘘だ。俺は昔、堅気じゃなかった。それで会えなかったんだ……もう無理だ。行け‼」

風太は踵を返して足を止めた。お春は振り返る。逞しく引き締まった背を向け、風太は往来に仁王立ちして、追手たちを待ち構えていた。

心の中で詫びつつ、懸命に走った。背後で罵声が飛び交うのが聞こえたが、もうお春は振り向かない。風太は母と会えなかった自分に、お春を重ねているのかもしれない。それは何とか理解出来たが、そうだとしてここまでしてくれる人は少ないだろう。この想いを無にしてはならないと、お春は腕を振り続けた。

蟋蟀橋を渡る。棒手振(ぼてふ)りが振り返る。滝のように汗を流し、血相を変えて走っているのだ。不審に思うはずである。

「すみません！　飯田町中坂通は……」

紙屑(かみくず)拾いの初老をつかまえ、お春は早口で問いかけた。

「中坂通かい？　それならあそこだよ」

落ちている紙を拾う長い火箸(ひばし)のようなもので、紙屑拾いは指した。

「ありがとう！」

一刻を争う時であるが、反射的に口から礼の言葉が出た。

中坂通を走っている途中、お春はつんのめって転んだ。行き交う人はいたが、誰も声を掛けてはくれない。一人は足を止めたが、すぐに見て見ぬ振りをして歩き出す。様子がおかしいと見て取り、関わりたくないと思っているのだろう。やはりお春が江戸に出て知ったことは間違いではなく、世の大人は冷たい。あくまで風太が特別なのだ。

お春は身を起こして立ち上がると、蹌踉めきながら脚を出す。汚れた着物はおろか、唇についた砂を払うこともしない。

左手に鳥居が見えて来た。これが田安稲荷で間違いないだろう。お春は境内に駆け込むと、石造りの狐を求めた。

「これだ」

目的の物はすぐに目に飛び込んできた。お春は裏に回り込んで屈んだ。道具は何もない。硬い土を手と周りにあった石で掘るしか方法はない。

爪の間に土が食いこみ鈍い痛みが走る。それでもお春は無我夢中で手を動かし続けた。やがて大人の顔ほどの大きさ、深さ七寸（約二〇センチ）ほどの穴が出来た。これ以上は礫が多く掘るのは難しかった。

無造作に紙を丸めて穴に入れると、今度はその上から土を掛ける。全てを穴に戻したあと何度も叩いて土を固めた。

——どうしよう……。

——もう少し……。

作業を終えたお春は途方に暮れた。風太の言う通りにしたものの、これにどんな意味があるのかは解らない。あの真剣な面持ちを見れば、何らかの意味があるらしいが、もしかしたらお呪(まじな)いの類(たぐい)なのかもしれない。

「お稲荷様……」

稲荷を呼ぶ儀式かもしれない。そんなことが頭を過(よぎ)り呼びかけたが、何の応答も無い。

——逃げなきゃ。

風太に騙(だま)されたとは思いたくなかったが、元来の目的を見失うところであった。境内を出ようと立ち上がったお春は絶望を覚えた。四人の男が肩で息をしながら鳥居を潜ったところだったのである。

「手間取らせやがって」

男の一人が罰当たりにも境内に唾を吐いた。

「こんなところで何をしてやがった。隠れ鬼のつもりか?」

別の男が言うが、お春は何も答えなかった。何をしていたかは見られていないらしい。

「風太さんは」

「風太?　ああ……あの飛脚か。袋にしてやったぜ。変な息をしてやがった。あばらの一本や二本折れたんじゃねえか」

四人は何が可笑（おか）しいのかげらげらと笑い合った。お春の目から大粒の涙が零れ落ちる。風太は本当に見ず知らずの、出逢ったばかりの己のために身を挺してくれたのだ。

「だいたい菖蒲屋も何でこんな餓鬼に躍起になるんだ?」

鳶たちは留吉がお春を逃がしたくない真の理由を聞かされてはいないようだ。

「まあ、いいさ。餓鬼一人捕まえて一人二両。悪くねえ手間賃だ」

男たちはそのようなことを話し合いつつゆっくりと近づいて来る。逃げ場はないし、よしんば突破出来てもすぐにまた捕まってしまうだろう。声を上げて助けを請うても、誰も助けてくれやしない。江戸の大人はみな薄情だと先ほども思い知った。

お春は振り返って狐を見た。だれも掃除しないのだろうか。ところどころに苔が浮いている。玉を咥えた狐はこちらを見ようともせず、ただ宙を見つめている。

——捕まっても必ず会いに来てくれる！　信じろ！

風太の言葉を思い出した。誰が、いつ、どのように、全てが解らない。ただお春は風太を信じると決めた。じりじりと近づいて来る男たちを、お春は身じろぎ一つせず睨み続けた。

第二章　血文字

一

　堤平九郎は赤也と向き合いながら、混雑する波積屋で酒を酌み交わしていた。肴は春大根の風呂吹き、独活の和え物という春らしいものである。

　波積屋の賑わいは今日に始まったことではない。この近くの新材木町界隈は今、江戸の中でも最も景気が良い町の一つである。一組の客が帰ると、見計らったかのようにまた一組入って来る。こうして亥の刻（午後十時）くらいまでは客足が途切れないのである。

　平九郎が信濃から戻ったのは昨日のことであった。江戸を出た頃にはまだ蕾すら付けていなかった桜も、今では大いに咲き誇り、すでに散り始めて葉を生やしている樹もあった。

　明日からは表稼業である飴細工屋に戻れるかと思っていたが、波積屋で赤也にことの顚末を説明していると、留守の間にどうやら次の依頼が舞い込んでいることを知った。

飴細工屋を表稼業と呼ぶからには、裏稼業も存在する。それが、

――くらまし屋。

と、呼ばれるものである。

「場所はどこだ」

平九郎は徳利を摑み、手酌で盃に酒を注ぎつつ訊いた。

くらまし屋に依頼をするには多くの方法がある。不忍池の畔の地蔵の裏に文を置いておくというもの、あるいは吉原の廓にある九郎助稲荷の祠の中、また日本橋柳町の近くの弾正橋の欄干の裏に貼り付けるなどもそうである。

「田安稲荷の玉狐の下」

「先日見た時はなかったが……」

飯田町にある田安稲荷にある一対の狐、その玉を咥えているほうの狐の下に埋めるのも、くらまし屋と繫がる方法の一つである。

「掘った後が新しかった。最近らしい」

「それにしても田安稲荷とは古いな」

今では繋ぎのすべは百に迫る。ここまで多くしたのには理由がある。裏稼業をしていれば怨まれることも多く敵が増える。敵が繋ぎの手段そのものを潰しにかかる可能性もある。そうしたことが起きた場合でも依頼を受けられるようにするためである。また依頼して来た者が、こちらに危害を加えようとした場合、その場所は二度と使わない。これも己たちの身を守るためであった。

田安稲荷の繋ぎはいわば「優良」で、未だかつて揉めたことがない。それ故、くらまし屋を開業した当時からある繋ぎの場であった。

「ああ。俺が加わる前からの繋ぎだからね」

赤也はそう言うと、板場の中の茂吉に肴の追加を注文した。

赤也はくらまし屋が始まった時からの面子ではない。それは七瀬も同じである。つまり最初は平九郎ただ一人で行っていた。それが一人、また一人と共に行動するようになって今の形になったのである。

「文は今持っているか？」

「ああ、ここに」

赤也は懐をぽんと叩いて見せた。

「見せてくれ」

「今はやめといたほうがいい」

赤也は周囲を見回した。勤めの具体的な相談は、波積屋の屋根裏に作った部屋ですることが多い。万が一にでも漏れてはならぬからである。しかし文を見るだけなら、周りに人がいても大丈夫だろう。どうせ名と所が書いてあるだけなのだ。

赤也はこちらの考えていることを察したようで、顔を近づけて囁くように言った。

「客がいる前ではまずいんだ。見れば分かる」

「ふむ……」

訳を口に出すのも憚られること。余程著名な者からの依頼であろうか。そのようなことを考えながら、平九郎は大根を箸で割った。

時刻は戌の刻（午後八時）ほどか。昔はこれくらいには店じまいをしなければならなかったが、幕府のお達しにより、亥の刻まで営業が許されることとなった。

各地で飢饉が起こっており、食うにも困る地方がある一方、江戸はその影響をあまり受けていない。やはり物価が高いということもあり、日ノ本中から食い物が集まってくるのである。

とはいえ食うに困ることはなくとも、物価の高騰もあって消費は冷え込んでいる。もう倹約一辺倒の政治では、どうにもならないところまで来ており、幕府は様々な規制を緩和して好景気を生み出そうとしていた。

「平さん」

茂吉が手拭いで手を拭きながら、板場から抜け出してきた。

「すまねえ。長居させて貰うよ」

「こちらこそ待たせて悪いね」

「商売繁盛、結構なことだ」

「腹減っているだろう？　飯にするかい？　これも季節のもので、美味いもんがあるのさ」

「よし、頼む」

茂吉はにこりと笑って板場へ戻って料理を始める。四半刻も経たずして終えると、七瀬に運ばせず、また自らの手で持って来た。

「筍飯か」

「ちょいと余所とは違うよ。焼き筍飯さ」

炊きこみ飯の上に大振りの筍が載っており、表面が軽く焦げるほど焼き目がついている。

「珍しいもんだ」

平九郎は椀から立つ湯気に鼻を近づけた。普通の筍飯よりも、さらに筍の香りが際立っている。

「油揚げと賽の目に切った筍で味つきのご飯を炊いてね、それとは別に硬い根本は薄い銀杏切りに、柔らかい穂先は大きくくし切りにして、網で炙って上に載せているのさ」

茂吉は料理が本当に好きといった様子で、美味いものを考えた時は、こうして嬉しそうに説明してくれる。平九郎は箸を取って、まず焼いた筍を口に入れた。

「甘いな……」

「そうだろう。焼いた方がより甘味が強くなる。ささ、飯をかっ込んでくれ」

勧められるまま炊きこみ飯を頬張る。咀嚼すると出汁の風味と、油揚げの旨味が広がる。賽の目の筍は、焼き筍とまた違う食感を楽しめる。

「こりゃあ、美味いなあ」

そんなやり取りをしている間も、赤也は美味い美味いと連呼しながら食っている。

茂吉は満足げな笑みを浮かべて板場へ帰っていった。

最後の客が帰ったのは、元来の店じまいの刻限である亥の刻を過ぎていた。

「ありがとう。また来てね」

些か酩酊した客たちを、七瀬は愛想よく見送ると戸を閉めた。「はづみ」と平仮名で書かれた暖簾はすでに半刻（約一時間）前に下ろしてある。

「七瀬、行きな」

「片づけてからでいいよ」

「あの客だけが長居していたんだ。殆ど片づいているさ。いいから、いいから」

七瀬は茂吉に追い立てられて、平九郎の側に来ると天井を指差した。外からはそうは見えないが波積屋には隠し二階がある。板場の側の壁が開き、二階に上がれるようになっているのだ。

二階に上がり蠟燭に火を付けると三人で車座になった。

「ご苦労さん」

赤也は労いの言葉を掛けた。随分長い間呑んでいたからか、色白の頰は薄紅色に染まっている。

「最近は特に客が多くて大変。二人じゃ回りきらないもの」

七瀬は俯いて溜息を零す。昼の仕込みを手伝ったうえ、夕刻からずっと客を相手に動き回っていれば、疲れるのも無理はない。

「ここ一年で一気に流行ってきたからな」

平九郎は苦笑した。波積屋が安くて美味いと評判になっているのである。これほどの客入りならば、七瀬の言うようにあと一人か二人いてもよいだろう。

「で……赤也、話したの？」

七瀬は顔を上げて赤也を見る。

「ああ、でもあの文は広げられねえだろう？」

「そうね」

七瀬もすでに見ているらしい。平九郎が促し、赤也は懐から文を出した。無数の細かい皺が入っている。ちり紙のように丸められた形跡がある。

「しわくちゃになって埋まっていた。それを俺が伸ばして畳んだ」

平九郎は受け取ってゆっくりと開く。

「これは……」

「そう。血で書かれているんだ」

赤也は顔を曇らせて低く言った。

紙には赤い文字が殴り書きされてある。すでに乾いており、一部は黒ずんでいた。血で書かれたものに間違いない。

「悪戯か？」

くらまし屋の存在、それへの連絡の取り方は、噂として江戸の町でまことしやかに流れている。これは依頼を受けるために平九郎が敢えて広めたものである。悪戯で呼び出せば命は無いという噂も流しているが、それでも面白半分で依頼をしてくる者もいた。

こちらから会いに行くと、噂は本当だったかと腰を抜かす者もいた。そのような悪戯をした者には、

——今一度すれば命は無い。

と、言い残して去るようにしている。その者がまた尾鰭を付けて話すので、最近ではそのような手合いは随分減ったが、それでもたまに遊び半分で連絡してくる輩はいた。

「俺も初めは悪戯だと思ったんだが……随分手が込んでいるだろう」

赤也に続いて七瀬も己の見解を述べた。

「字に焦りも見える。依頼だとすれば、追われていた途中に書いたものかもしれない。墨や筆が無く、血で書かねばならないほどに」

七瀬は滅法頭が切れ、洞察力も高い。それを見込んで仲間に加えたのである。

「名は……」

平九郎は紙を顔から離した。文字が乱れているために非常に読みにくいのだ。

——あやめや　春

と、文にはある。

「あやめやって知っているか？」

尋ねると、赤也は得意顔で応えた。

「平さんが帰ってくるまでに、『あやめや』って屋号の店は洗った。江戸には三軒だと思う」

一軒は深川にある小料理屋「あやめ屋」、二軒目は本郷の醬油問屋「綾目屋」、そして三軒目が日本橋にある呉服屋「菖蒲屋」であると、赤也は順に挙げた。

「田安稲荷から近いのは本郷の醬油問屋だな」

平九郎は脳裏に江戸の地図を思い浮かべつつ言った。

「でも、田安稲荷しか繋ぎの方法を知らなかったとも考えられる」

七瀬は即座に反論する。それは正論である。

「この『春』という者がいるのかを確かめるほかないか……明日、手分けして捜してみるか」

「そうね。私は……」

七瀬が言いかけるのを、赤也は制した。

「お前は波積屋で疲れているだろう？　俺が二軒行くさ」

「何……今日はいやに優しいじゃない」

七瀬は気味悪そうにしている。この二人はことあるごとに口喧嘩ばかりしているのだ。もっともそれは本心からではなく、多分に遊びが入っていることを平九郎は知っている。

「俺はいつも優しいだろう」

「分かった。またすったんでしょう」

赤也は図星とばかりに舌打ちをした。赤也は端整な顔に似合わず、無類の博打好きである。強ければよいのだが、弱いのだから目も当てられない。つけで茂吉に呑ませて貰っており、波積屋に負債を抱えているのだ。

「まさか全部すった訳じゃないでしょうね。三十両よ」

七瀬が言った三十両とは、前の勤めで赤也が得た取り分である。

勤めで得たのはしめて百二十両。これを四等分して平九郎、赤也、七瀬と一ずつ取る。残る一は勤めの経費として積み立てる。もっとも前回は八十挺もの駕籠を雇い、江戸の外まで走らせたため、銭が足りず平九郎が身銭を切っていた。

赤也は何も答えない。無の表情で固まっている。

「馬鹿……本当に何考えているの！」

七瀬は泣くような声で叫んだ。

「丁、半、半、丁、丁と全て当たったから、これはいけると全額賭けちまったんだよ」

「あんたね、六回続けて当たるのは、六十四回に一回よ。ただでさえ、いかさまも多いのに……有り得ない」

「流れってもんがだなあ……」

「博才の無いあんたが語っても意味がない」

赤也は拝むようにぱんと手を合わせる。七瀬は頰を膨らませ、ぷいと首を振った。

「ともかく赤也、明日は二人で探るぞ」

「じゃあ、平さんは本郷を頼めるかい？　俺は深川と日本橋を洗ってみる」

「分かった。夕刻、俺の長屋に来てくれ。そこで話をすり合わせよう。七瀬にはまた追って報せる」

七瀬はまだ怒っているようで、赤也を睨（にら）みつけながらこくりと頷いた。

――血文字か……。

平九郎はもう一度文を見つめた。不気味ではある。悪戯だとすれば余程悪趣味で、そうでないとすれば急を要するということか。かつてない文だからか、平九郎は妙に嫌な予感がして、それを振り払うように天井を見上げた。

二

翌日、平九郎は朝早くから借店（かりだな）を出た。日本橋弥兵衛町（やへえちょう）の裏路地にある長屋で、大屋の藤助（ふじすけ）を始め、近所の者もよくしてくれている。

丁度水場で簪（かんざし）職人の早七郎（そうしちろう）の妻、お近（ちか）が洗濯をしており、声を掛けて来た。

「平さん、久しぶりだね。府中（ふちゅう）の縁日はどうだった？」

「上々さ」

平九郎は長屋に帰らない時も多い。そんな時は離れた町の縁日に出稼ぎに行くと説明していた。前回は信濃まで行っていたため、嘘も大きく府中まで赴くと言っていた。

「今日はどこへ？」

「ぶらりと流すよ。お近さんも精が出るね」

「子どもがすぐに汚すから、一度の洗濯じゃ間に合わないのさ。嫌になる」

「愚痴を言いながらも、顔が緩んでいるよ」

早七郎とお近の間にはなかなか子が出来なかったと聞いている。お近は思い悩み、子授けにご利益のあるという社を方々回ったらしい。

お近が二十七、早七郎と一緒になって六年目、ようやく子を授かった。それから八年経った今も、夫婦は子を目に入れても痛くないというほどに可愛がっている。

「平さんもいい人見つけたらどうだい？　何なら私が紹介するよ」

「考えておくよ」

平九郎は軽やかに言い残して路地を後にした。

お近には適当に流すと言ったが、今日は実のところ本郷へ向かうつもりである。目的の場所は醤油問屋の「綾目屋」である。残る二軒は赤也が当たってくれることになっており、難なくこなすであろう。

赤也は変装の達人である。衣装は勿論、変装の対象に見合ったものに着替えるが、特筆すべきはその化粧の巧みさである。前髪が取れたばかりの若武者から、六十を超えた商家の隠居まで、身分や年齢を問わず、顔を作ってしまう。さらには美しい女にまで化けてしまうのだから、変装の域を超えて変身といっても過言ではない。

いくら恰好を作っても、仕草や声でばれてしまうが、赤也に限ってはそんなことはない。声色は七変化どころか、平九郎が聞いただけで数十種類使い分け、仕草に至っては女を演じれば、本物よりも女らしく振る舞う。

そのような赤也だから、こと変装にかけては絶大な信頼を置いていた。

一方の平九郎はというと、深めの菅笠をかぶり、飴細工の車を引いていく。車には薄汚れた赤地の布に「あめ」と書いた小ぶりな幟が括りつけられていた。変装というよりは、

――これが本来の姿だ。

と、平九郎は思っていた。故にこちらを表稼業と呼んでいる。さらに踏み込んでいえば、便宜上そう呼んでいるだけで、そもそも稼業とすら思っていない。人を「晦ます」のはあくまで、

――己の目的を達するため。

であった。これで得た金で贅沢をする気など毛頭ない。その銭の殆どを惜しみなく目的のために注ぎこんでいる。

「ちと炭が足りないか」

平九郎は車の上にある蓋を取って呟いた。そこには釜が収まっており、中には白濁した飴が入っている。その飴がやや固くなっているのだ。昔は棒でもって混ぜてみなければ判らなかったが、今では色味を見るだけで見当がつくようになっている。

車の下の引き戸を開ける。そこには簡易的な炉があり、炭を熾して下から釜を温める構造になっている。同じ車には引き出しもついており、そこは未使用の炭入れになっている。

平九郎は炭を取って手で細かく砕くと、炉に放り入れて息を吹きかけた。ばちばちと小気味よい音を立てて火が移るのを確かめると、引き戸をゆっくりと閉めた。飴というものは、とにかく、

——手間が掛かる。

平九郎は今でも時に溜息を零すことがある。

本郷に向かう途中、藤堂和泉守(とうどういずみのかみ)の上屋敷を過ぎ、神田相生町(あいおいちょう)に差し掛かった時、二人の男の子が平九郎目掛けて走って来た。恐らくお客であろう。

「おじさん、飴を二つ」

団子鼻(だんごばな)の子どもが二人分まとめて注文する。

「何にしよう。十二支なら何でも作るよ」

「どうする?」

もう一人の頬に雀斑(そばかす)のある子が相談を持ち掛け、二人はあれでもない、これでもないと話し合っている。それを平九郎は微笑(ほほえ)ましく見ながら支度に入った。

「じゃあ、寅」

「おいらは辰」

「見どころがあるな。男の子にはその二つが一、二を争う人気だ」

平九郎はそう褒めてやると、車の蓋を取って柔らかい飴を取り出した。

「ねえ、これって砂糖？」

雀斑の子が尋ねると、団子鼻が補足する。

「こいつは小料理屋の息子なんだ。だから食べ物と見れば、こうしていつも訊く」

「へえ、そうか。だが砂糖は使ってないよ」

砂糖はまだまだ高級品で、そんなものを使っていれば値がうんと高くなり、子ども相手の商売など出来るはずがない。

昨今は砂糖が流通し始めたから、飴も砂糖で出来ていると勘違いしている子どもが多い。中には大人ですら、知らぬ者もいるのだから無理もない。

「これはもち米と麦から出来ている」

平九郎は葦の棒に、白い飴を団子状にして刺した。

「もち米だけでこんなに甘くなるの⁉」

雀斑の子は目を丸くして驚いている。

「ああ。飴ってものは仕込むのが大変なのさ。まずもち米をしっかり洗って、普通に炊き上げる」

「それで？」

今度は団子鼻が相槌を打った。その間も平九郎の手は絶え間なく動き続けている。飴細工は速さが肝心で、ゆっくりしていては、固まって細工が施せなくなってしまうのだ。

「もち米が炊き上がるまでの間に、麦を擂鉢で粗びきにしておく」

「分かった！　それを混ぜるんでしょ」

雀斑の子は予想してみせた。平九郎は片眉を上げて見せる。

「惜しい。まずは水だ。炊き上がったもち米に冷っこい水を加えてよく混ぜる。ここからが一番肝心だ」

細工鋏で飴をちょきんと切りつつ、興味津々の子どもたちに続ける。

「熱すぎず、冷たすぎず、そうだな……指を入れて七つ数えるのが限界なくらいの熱さにしなきゃならない」

「難しそう……」

二人口を揃えて言ったので、小さく噴き出してしまった。

「これはもう躰(からだ)で覚えるしかないな。そこにさっきの麦を加えて、釜を濡らした布で包む。ここから炭を足したり、釜を外したり、丸一日、同じ熱さを保つのさ」

「丸一日⁉　毎日⁉」

団子鼻が矢継ぎ早に訊いた。

「作り置き出来るから、一度に多く作っておくんだ。でも作る時は丸一日眠ることも出来ねえぜ」

「おいらなら寝てしまいそう」

雀斑は苦笑しながら頬を掻(か)く。

「丸一日経てば、もち米から水が出る。大きな鍋の上に笊(ざる)を載せて、晒(さらし)で作った袋をおいて漉(こ)すのさ。熱いから暫(しばら)くは自然に垂らしておいて、冷めたら一気に絞る……はい出来た。寅だ」

「ありがとう。すげえ」

一本作り終えて手渡すと、団子鼻の子は目を輝かせた。

「それで完成？」

雀斑の子が話を引き戻した。

「いいや、まだだ」

「すごい手間が掛かるんだね」

「そうさ。その絞ったものが入った鍋を火にかける。途中で灰汁が出てくるからな。それも全部掬い取らなきゃならねえ。沸いたら火を弱めてじっくり水気を飛ばしていくのさ。それで出来上がりだ」

そうこうしている間に辰の細工も終え、雀斑の子に手渡した。

「細工もすごいけど、仕込みもすごいんだね。もち米と麦しか使っていないのに甘いの？」

「舐めてみれば……」

平九郎は言いかけて止めた。飴は舐めてしまえば当然溶けて形が崩れていく。二人がそれを惜しんでいると解ったからである。

「これを舐めてみな」

釜から飴を小さく取って二つに分けて丸めた。それを二人はそっと指で摘んで口へ放り込んだ。

「甘い……」

「本当だ！」

顔を見合わせる二人を見て、平九郎も口元を綻ばせた。

「飴の歴史は古い。何でも千年前にはもうあったそうだ。昔の人は偉いよな」

「へえ……おじさん、色々ありがとう。幾ら？」

「いけねえ。まだ貰ってなかったっけな。五文だ」

二人それぞれ財布から五文取り出して、平九郎の掌の上に載せた。

「毎度あり。またな」

「うん！」

「転んで潰すなよ」

走り去っていく二人の背に呼びかけると、平九郎はまた車を引き始めた。

——やっぱり、悪くねえな。

平九郎が師と呼ぶのは二人しかいない。恐らく生涯でもう現れることはないだろう。一人は十五歳の時に出逢った剣術の師匠、そしてもう一人が三年前に飴細工の技を仕込んでくれた師匠である。

剣の師は平九郎が二十歳の時に別れ、その後一度も会ってはいない。そして飴細工の師匠はすでにこの世を去っている。

俺は子どもの笑顔を見るのがなによりの生き甲斐だ。たとえ死んでもあの世で飴細工をしてみせる。そう言って豪快に笑っていた師匠である。

——そっちでもやっているかい？

天に向かって呼びかける。当然何も聞こえない。青い空に浮かんだ雲が風に煽られて形を変えていく。それがまるで、せっせと飴を細工しているように見え、平九郎は微かに笑った。

三

本郷に入り、加賀中納言の屋敷をぐるりと回って湯島天神を右に折れる。暫く進むと目的の醬油問屋、綾目屋のある妻恋町へ出た。

まずは近くで車を停めて聞き込むことにした。子どもの姿はなく、客こそつかなかったが、一人の老人が声を掛けて来た。頭巾を被っていること、腰に脇差が収まっている点、どうやら医者のようである。

「飴細工かい？　植木市でもないのに珍しいね」

そもそも飴細工屋はそれほど多くはない。縁日などの人が集まる所、買い食いをよくする商家の子どもが多い町に出没するもので、このような、何でもない日に見つけるのは確かに珍しいだろう。

「へい。同業が場所を取っちまったもんで」

「なるほど。まあ、頑張って稼ぎなよ」

「そういえば知り合いが言っていたのですが、このあたりに綾目屋という醬油問屋があるのですか？」

「ああ、そこの角の店だ。うちもそこから醬油を買っている」

老人は指差して教えてくれた。

「そこのお春さんという方と妹が知り合いらしいのですよ。帰りに挨拶していこうと……」

「お春？　そんな者がいたかな？」

老人は顎に手を添えて首を捻った。

「いらっしゃらないと？」

「主人と女将、若旦那の三人のはず。奉公人も三人いるが、二人は男だよ」

「残る一人の方では？」

「それはお篠といったはずさ」

「へえ……あっしの聞き違いかもしれませんね」

平九郎は頭を掻きながら戯けて見せた。老人は励むように言い、その場を後にした。

——ここではないのか？

念には念を入れねばならない。直接、綾目屋に乗り込んで訊いてみるつもりである。

車を店の前に停め、平九郎は店の暖簾を潜った。

「すみません」

「いらっしゃいませ」

年が若い男である。身形(みなり)が小ざっぱりしていることから、恐らくこれが若旦那ではなかろうか。

「ご主人は？」

「父なら今、所用で出かけておりますが……父にご用でしょうか？」

やはり平九郎の見立て通り、これが若旦那であった。

「お春という人に取り次いで頂こうと思ったのです。文を預かっていまして」

予(あらかじ)め用意してある文を懐から出してみせた。中身までしっかりと書いてあるが、内容は取り留めもないことである。

「お春？　うちにはお春なんて者はおりませんが……」

「えっ、こちらは綾目屋さんですよね？」

「確かにうちは綾目屋ですが、お春なんて者はおりません」

若旦那に狼狽(ろうばい)の色は見られない。

「間違えたのですかね……困ったな……」

「広い江戸のことです。同じ名の店もあるはず。父が戻れば訊いてみましょう」

若旦那は眉を八の字に下げながら言った。本当に同情してくれているような様子である。

「いえ、お気遣いなく。今一度、確かめて参ります」

平九郎は丁寧に頭を下げて店を辞した。車に手を掛けて再び引き始める。

――はずれのようだ。

どうやら赤也のほうが当たりということらしい。長屋に帰って報告を待つことにした。

自身の長屋に帰ったのは未の下刻（午後三時）くらいであろうか。丁度、路地から出て来た大屋の藤助と鉢合わせた。

「平さん、丁度いいところに戻った！　今、訪ねたところさ」

「どうしたんだ！　そんなに慌てて」

この人の好い大屋の顔が真っ青になっている。

「貞太郎さんが捕まったんだ！」

「あの大工の……誰に!?」

この長屋の一番奥に住んでいた三十絡みの大工である。同年ほどの妻と、十を少し過ぎた男の子の三人で住んでいた。貞太郎は腕のよい大工であったが、怪我の治療中に始めた博打にのめり込み、店賃も半年ほど滞納していた。それどころか方々から借金をしており、夜逃げ同然で家族もろとも姿を消していたのである。

「木津(きづ)屋の連中さ」

「またえらいところに……」

貞太郎は丹波(たんば)屋や大柿(おおがき)屋などの高利貸しから金を借りていたが、その中で最も性質が悪いのが木津屋である。烏(からす)が鳴く度に利子が付くほどの暴利で、そうした日歩(ひぶ)の高利貸しは烏金と呼ばれている。

その木津屋は実は、香具師(やし)の元締めである駒込(こまごめ)の元三郎(げんざぶろう)の出店である。取り立てが苛烈なことでも知られている。平九郎は必ずや追手を差し向けると思っていた。

「それにしても早いな」

貞太郎が飛んでからまだ半月ほどしか経っていない。恐らく江戸の外に逃げていたであろうから、駒込の元三郎にしても、かなり短期間で見つけたことになる。

「それが……私の知人の酒問屋が、木津屋に酒を納めているんだけど、そこで若い衆が話していたのを聞いたらしいのだよ」

「何を？」

「流石、炙り屋だ。依頼されて十日も経たずして見つけてきた……って……」

「炙り屋か」

平九郎は唇を噛みしめた。それを奇異に感じたか、藤助が尋ねてきた。

「知っているのかい？」

「いや、噂だけね」

そう言ったが、実のところは嘘である。藤助は平九郎の裏稼業を知らない。そのためにそのようにごまかした。

――万木迅十郎

平九郎と同じく江戸の裏を暗躍し、「炙り屋」を名乗る男の名である。一口に炙るといっても様々で、依頼者の要望に合わせて対象は人であったり、物であったりするらしい。人であったとしても今回のように捕らえて連れ戻すこともあれば、その場で殺すこともある。

片や人を晦ませる。片や隠れ人を炙り出す。目的は完全に相反している。今まで一度だけかち合ったことがあり、その名を記憶していた。

その時の依頼者は炙り屋に追われていることを知っており、江戸府内から晦ませるだけでなく、故郷である三河池鯉鮒まで随伴して欲しいと申し出た。依頼者は命を惜しんではいなかった。ただどうしても一目会いたい者がいる。そのために池鯉鮒までの無事を望んだのである。

当初は府内を出ればもう大丈夫だろうと高を括っていたが、迅十郎は執拗に追いかけて来て、東海道で四度刃を交えることになった。

平九郎は何とか池鯉鮒まで送り届け、依頼を全うした。しかしその翌々日、依頼人は腹を深々と刺されて死んだと聞いた。恐らく迅十郎の仕業であろう。

——迅十郎が追ったならば易々とは逃げられねえ……。

貞太郎がこうも早く捕まったのも納得出来る。

「何とかならないかねえ……」

藤助はまことに人が好い。自身が店賃を踏み倒されて夜逃げされた日も、貞太郎一家の無事を案じていたほどである。

「かみさんや、子どもは？」

「それが……貞太郎さんだけが連れ戻されたらしい」

——そんな男だ。

迅十郎のことである。炙る対象だけは地獄の果てまで追いかけて捕捉する。だが、そこに妻や子がいたとしても、それが依頼に含まれていなければ見向きもしないだろう。

「藤助さん。よく聞いてくれ」

平九郎は出来るだけ優しく話しかけ、ゆっくりと噛んで含めるように続けた。

「貞太郎は高利貸しに金を借りたんだ。いわば自業自得だよ」

「それは解っているけど……」

「俺は何も高利貸しを認めている訳じゃない。ただ貞太郎もこうなる覚悟は出来ていたはず。かみさんや子どもも捕らえられたってのならまだしも、これはどうも仕方のないことさ」

項垂(うなだ)れた藤助は何も答えなかった。

「殺すって訳じゃないだろう。殺せば木津屋も金を回収出来ないからね。辛い目には遭うだろうが、これも身から出た錆(さび)。貞太郎が自分で尻を拭くしかない」

恐らく木津屋は、迅十郎が妻子もろとも捕まえてくるものと思っていたはず。薹(とう)が立った年増故、吉原に売ることは出来まいが、安女郎の牙儈女(すあいおんな)などには落とせるはず。子もどこかに奉公に出して金をせしめることが出来たはずなのだ。

――話が違う！

などと、迅十郎に迫っていることだろう。だがそれも無駄なことである。迅十郎は依頼を受けた対象しか炙らない。妻や子もというなら、今から倍額を払え。ならば炙ってきてやろうと嘯くに違いない。迅十郎に依頼する相場は詳しくは知らないが、平九郎が晦ませるのと同じほどではなかろうか。そうなれば割に合わず、木津屋も渋々諦めるとみた。

「わかったよ……」

藤助はようやく得心したようで、とぼとぼと帰っていった。その背は酷く物哀しい。世の人が藤助ほど善い人ばかりならどれほどよかろう。だが残念なことに、そのような者は一握りしかいないことをよく知っている。

ここで己が一肌脱いで、貞太郎を晦ませることも出来るかもしれない。しかし己も慈善で裏稼業をしている訳ではない。己はともかく、赤也や七瀬を巻き込む訳にはいかない。

――藤助さん、ごめんよ。

平九郎は心の内で呟き、肩を落とした藤助が角を曲がるまでじっと見送っていた。

四

車から釜を取り出し、飴を冷やす。そして湿らせた布巾を蓋代わりに被せる。こうしておけば、埃も入らずに保存することが出来る。また使う時に温めればよいのである。

飴細工の道具を片付け、半刻ほどすると、赤也が訪ねて来た。赤也の変装の定番、棒手振(ぼてふ)りの恰好である。

「平さん、ご苦労さん」

「おう……臭(くせ)えな」

「生物だからな」

荷を下ろして蓋を取る。中には大振りの鮒(ふな)が一尾だけ入っていた。

「一尾だけか?」

きちんと荷を仕込んでいるのは流石であるが、赤也ほどの男ならば一尾では怪しまれると、満載していそうなものである。

「残りは売れちまった」

赤也はちろりと舌を出して戯けて見せた。

「そっちのほうが向いているんじゃねえか。一尾の売れ残りならよ」

「いや、これも買いたいって人がいたんだがね。お得意先へのものだって断った。茂吉さんへ、つけを待ってくれている礼さ。初鮒は美味いからね」

鮒という魚は冬の間、水底の泥の中に潜り込んで眠る。そして冬の終わりが近づくと姿を現し、春になって水が温かくなれば、一斉に小川や、時には水田の中にまで入って卵を産むのである。これを乗込鮒と謂い、最も釣りやすく、最も美味いとされている。

「初鮒か。子どもの頃、近所のご隠居がよく釣りに出かけていたな」

「へえ……平さんにも子どもの頃があったんだな」

赤也は棒を載せていたほうの肩を回して笑った。

「当たり前だ」

「平さんの故郷は確か肥後だっけ」

「ああ。人吉と謂うところだ」

この赤也、同じくくらまし屋の七瀬、そして波積屋の茂吉だけが平九郎の生まれがどこか知っている。いや、もう一人、

——迅十郎もか。

先ほど名が出たからか、するりと思い出した。

平九郎の剣術は井蛙流である。鳥取藩に受け継がれる流派であるが、その中に諸国を回って修行を重ね、独自の発展を遂げさせた異端者がいた。それが平九郎の師である。そのような流れを汲んでいるから、平九郎の井蛙流と、鳥取藩の井蛙流は似て非なるものだろう。

国元人吉のお家芸といえば、丸目長恵が興したタイ捨流であり、平九郎も十五歳で師に井蛙流を学ぶまではこれを習っていた。

三つ子の魂百までというが、その時の僅かな癖というものは抜けぬらしく、刃を交えた迅十郎に、

――面妖な剣術を遣うが、もとはタイ捨流だろう。肥後人吉か。

と、看破されたのである。もっとも平九郎は認めた訳ではないが、迅十郎はそう思っているに違いない。

「平さん、引きが強えな」

赤也は生臭くなった自分の手を嗅ぎながら言った。

「何がだ？」

「本郷の綾目屋が当たりだったんだろう？」

「いや、こちらははずれだ」

「え……こっちの二軒もはずれだぜ……」

赤也は驚きのあまり囁くように零した。

「どういうことだ。悪戯ってことか」

「どうだろう。悪戯にしては手が込みすぎな気がするんだがね。赤文字も魚の血って感じじゃなかった。あれは確かに人の血だぜ？」

「そっちの話を詳しく聞かせろ」

土間から板間に上がり、向き合って座ると、赤也は自身が聞き込みに向かった二軒について語り始めた。

まず深川にある小料理屋「あやめ屋」。こちらは主人とその妻の女将、その間に四つの男の子、そして主人の両親で半ば隠居の老夫婦の五人で切り盛りしている小さな店であるらしい。女将、母ともにお春という名ではない。それは近所からも聞き込みをしたが間違いないらしい。

次に日本橋にある呉服屋「菖蒲屋」。こちらには確かに、お春という名の子どもの奉公人がいたらしい。

「それじゃねえのか？」

平九郎はそこで話を止めたが、赤也は首を横に振った。

「いや、最近暇を出して郷里に戻したっていうんだ」

「臭うぜ、それは」

「だが近所の者も口を揃えて言うぜ。お春は郷里に帰ったって。何でも母が病に倒れたらしい」

「親元はどこだ？」

「武州多摩だって話だ」

「子どもが一人で多摩まで行けるか？　ましてや急ぎなんだろう」

「お春が不憫だと、主人の留吉は早駕籠まで仕立ててやったらしい。皆がその早駕籠が出て行くのを見たって……」

「馬鹿野郎。俺たちと同じ手を使っているかもしれねえだろ」

「あっ――なるほど」

先日の勤めの話である。依頼者二人を約五十人の見張りがいる旅籠から晦ませなければならなかった。つまりは今回、菖蒲屋から出たという早駕籠も、

――誰も乗っていない。

という可能性があるのだ。

「多摩まで行ってこようか？」

赤也は調べが甘かったことを後悔してか、そのように提案した。

「あの血文字は急を要するということかもしれない。時が惜しいな」

「じゃあ、どうする」

「板橋宿でのこと覚えていないか？」

「ああ……確か道中奉行の配下が見張っていたことか」

「そうだ。よく思い出せ」

前回の勤めの続きである。依頼者たちを旅籠から無事脱出させたが、追手の香具師の元締めは賄賂を使って道中奉行を動かした。江戸から出れば必ずどこかの宿場を通る。その宿場全てに配下の同心を派遣して見張らせたのだ。

その時、名を名乗らされ、同心の配下の者が帳面に記録しているのを見ている。

「武州多摩に向かうならば甲州街道。高井戸宿も同じように待ち構えていたはずだ」

平九郎がそう言い切ると、赤也は手を強く打った。

「なるほど！　高井戸宿でも誰が通ったか記しているはず……」

「潜り抜けるのは冷や冷やしたが、こんなところで役立つとはな」

前回の勤めでは大きな関門であったが、思わぬところで役立ちそうである。

「しかし、どうやって訊くんだい？」

「直接訪ねるほかないだろうな。赤也、化粧の道具を持ってこい。夜のうちに行くぞ」

「わかった！」

赤也は土間に飛び降りると、草鞋の紐を手早く締めて表へ駆け出した。急いだあまり棒手振りの道具一式、せっかくの初鰹も置き残している。

——篠崎瀬兵衛……か。

平九郎はあの時の同心の名をしかと記憶している。あの頭のてっぺんから、つま先までじっくりと見る鋭い目つきはなかなか油断ならなかった。

それだけではない。七瀬がさる藩の家老の娘に化け、国元の一揆で父の安否が知れぬといった嘘をついた。最後に嘘を信じた瀬兵衛は、立ち去ろうとする駕籠を再び呼び止め、

——このようなことしか出来ませぬが……父上がご無事であればよろしいですな。御武運をお祈りしております。

と、自らの御守りを七瀬に握らせたのである。

ただ猜疑心が強い役人気質ならば、そこを上手く突けば騙しやすい。だがこのよう

に「人」を見ている者は概して手強いことを知っていた。

蓋が開いたままになっているので、閉めようと初鮒の入った桶に近づいた。底に紅色の血が薄っすらと溜まっている。ややこしいことにならねばいいがと思いつつ、平九郎はそっと蓋を閉めた。

悪戯かもしれない依頼に何故ここまでするのか。答えは簡単である。

――信用を失ってはならない。

と、いうことである。

くらまし屋の存在自体、庶民の間では眉唾話として語られている。そのような者はいないと断じる者もいれば、いやいや確かにいると話す者もいる。それこそ平九郎の意図するところで、噂こそ江戸中を駆け巡るものの、誰も本気にはしない。公儀は与太話と思って追わず、真に必要な者は藁にも縋る思いで依頼を出す。この塩梅こそ大切なのだ。

その必要とする者が依頼を申し込んだ時、くらまし屋が現れなかったらどうか。

「やっぱりそんな奴はいなかった」

などと、吹聴して回るに違いない。そうなれば噂は一気に嘘に傾き、今後誰も依頼を出すことはなかろう。つまり正式な手順を踏んで依頼があった場合、たとえそれが悪戯であっても会わねばならない。そして悪戯であれば、思い切り脅して放つ。そうすればまた噂が江戸に広まることになる。

赤也が化粧道具を取って来て、すぐに化粧を施し始めた。

「念入りに頼むぞ。見知っている者がいるかもしれねえ」

「出来るだけ早く、出来るだけ念入りに、難しい注文だ」

赤也は苦笑しつつも、手が四つに見えるかのように手際よく化粧を施していく。

赤也の化粧の腕は一流である。いや、一流の者でもこのような技術を駆使するのを見たことが無い。美しく見せるためのものではなく、別人に生まれ変わらせるためのものである。

一般的な白粉(おしろい)は勿論のこと、作るのに手間が掛かって高価な伊勢白粉、赤也が独自に開発した高陵石(こうりょうせき)と澱粉(でんぷん)を混ぜ合わせたものや、石英の粉末と澱粉、少量の米粉を練り合わせたものなどもあった。

白粉はそのまま使うのが普通である。しかし赤也は顔料を配合し、多種多様な色のものを作り、壁を塗るように顔に凹凸を作っていくのだ。いわば薄い仮面を作るような作業である。

まずは平九郎の顔を変える。澱粉でもって鼻は高くなり、頬骨も突き出すようにする。さらに黒みがかった白粉、赤也が「黒粉」と呼ぶものを輪郭に沿って塗っていく。髪型は鬘を用いず結い直す。その途中、粘度のある白粉を指に付け、髪を一本一本摘むように染めていった。

完成したと手渡された鏡を覗き込み、平九郎は苦く笑ってしまった。

「随分老けたもんだ」

鼻と頬骨を足したことで眼窩の窪みが目立ち、輪郭の影によって痩せて見える。さらに黒粉を付けた筆で自然に見える皺も作られている。髪も半ばが白くなっており、大凡二十は老け込んで見えるだろう。

「じゃあ、俺は太ろうかな」

赤也は軽々しく言い、手鏡を用いて自分の顔を作っていく。澱粉を頬に、顎に、首に次々と足して弛みを上手く表現すると、その上から数種類の色白粉で着色し、本来の肌との境をみるみる消していく。

「念のため目元も変えておくよ」

赤也はそう言うと、平九郎の皺を作った筆を取ると、瞼の際にゆっくりと線を描く。目の縁をなぞり、目尻にくると僅かに下げる。出来上がった赤也の目は、普段よりもかなり垂れ目に見えた。

「人相が変わった」

平九郎が舌を巻くと、赤也は肉付きのよくなった顎をそっと撫でた。

「行く時にはもう夜だ。まずばれねえさ」

「服装、躰付きはどうする？」

「平さんは普通に裃（かみしも）を着てくれればいい。俺は詰め物をする」

赤也は化粧道具とは別に背負って来た行李（こうり）から布を取り出すと、それを腹や胸、腿に手際よく巻き付けていく。そしてその上から裃を付けると、でっぷりと太った侍といった風になる。

「平さんは旗本の用人、俺は納戸（なんど）係ってことで行くか」

「よし。筋は……」

二人で打ち合わせを終えたのは、もうとっくに日も暮れた戌の刻のことであった。戸を開けて鏡を突き出し、人通りが無いことを確かめる。うっかり大屋の藤助にでも見られようものならば、

――平さんの家に泥棒だよ！

などと、叫びかねない。

周りに誰もいないと判ると、二人は素早く長屋から出て何食わぬ顔で歩き出した。

もう辺りは提灯（ちょうちん）の明かりがなければ歩けぬほど暗い。暫（しば）し行ったところで、持参した提灯に火を点じた。向かうは道中与力、松下善太夫（まつしたぜんだゆう）の屋敷である。

「奉行の屋敷に向かうのでは？」

赤也はすでに役に入り切っているようで、口調もすっかり変わり、のそのそと体格に合わせた歩き方をしている。

「いや、道中奉行は飾りのようなもの。前回のように賄賂を受け取るくらいが、役目らしい役目だ。実権は与力にあると言ってよかろう」

平九郎も赤也に倣（なら）い、すでに武家言葉に改める。もっとも平九郎は元は歴とした藩士だったため、こちらが元来の話し方といえる。

「楽なお役目で羨ましゅうございますな」

赤也は腹を摩（さす）りつつ、皮肉交じりに言った。

「仕方ねえ――」

思わず町人言葉が飛び出してしまいそうになる。まだこの話し方を習得して僅か三年であるが、今ではこっちのほうが慣れているから不思議なものである。

「仕方ないのだ。道中奉行は必ず兼任であるからな」

平九郎は改めて説明を始めた。

道中奉行の歴史を紐解くと、今より約百年前の万治二年（一六五九年）に遡る。

幕府は、東海道、中山道、日光道中、奥州街道、甲州道中を「五街道」と定め、これを管轄させる道中奉行を置いた。

他の奉行と異なり、道中奉行は専任ではない。大目付と勘定奉行の二人が兼務するのが通例となっている。故にお役目の細部まで目を配る余裕はなく、配下の与力にある程度任せなければ、とてもではないが全う出来ないのだ。

平九郎は咳払いをして続けた。今の風貌で咳をすれば、余人には随分爺むさく見えていることだろう。

「道中奉行のなすべきことは存外多い」

道中奉行は、五街道とこれに付属する主要な諸街道に関する全てを管理し、取り締まらねばならなかった。道幅や橋梁、並木などを整備し、伝馬・飛脚の監督や助郷の割当てを行い、公事訴訟を掌るなど、実にその職務は幅広いものである。

「それだけの権限があれば袖の下も多そうでござるな」

赤也は軽く息を弾ませた。歩いているだけで息が切れる。そのような演技を自然としているあたり、流石といえよう。

「それがそうでもない。先ほども申したように、実権が与力に移っていることを宿場の者はよく知っておる。わざわざ江戸に出向いて奉行のご機嫌を伺うよりも、宿場に回ってくる与力に持ちかければ十分なのだ」

「なるほど……江戸に住む丑蔵のような者が頼み事をするのが稀ということですな」

「そういうことだ」

そのような会話をしているうちに与力の屋敷へと辿り着いた。武家の場合、門限は酉の刻（午後六時）となっている場合が多いが、実際はそこまで厳格ではない。外に呑みにいって帰っても、亥の刻までは閂が掛かっていないことはよくあることである。

五

「お頼み申します！」

赤也が中に向けて叫んだ。顔色一つ変わっていないのに、その声は必死さと哀れさの入り混じったものである。このように声色さえも自在に操るのが赤也の凄いところである。

暫く待っていると、脇門がそろりと開き、門番の家士が首を出した。

「いかが致しました……？」

「某、牛込の斎藤伊豆守家中、稲生儀八郎と申す者。こちらは用人の……」

振られて平九郎はずいと踏み出した。

「久世(くぜ)平八(へいはち)と申す」

「そのような方々が何故……」

家士は訝(いぶか)しむような目つきで交互に見て来た。

「夜分に失礼は重々承知しております。ただのっぴきならぬ事態が起こり、松下様にご相談したき儀あり。何卒、お繋ぎ頂けませぬでしょうか」

家士は迷う素振りを見せた。そこで平九郎が一気に畳みかける。

「まずは松下様にお繋ぎするだけでも……丑(うし)の件においても少なからず、お役に立てるかと」

「丑……？」

「そう言えばお解りになります」

「う、承(うけたまわ)りました。お待ち下され」

断言したことで、家士は不安に駆られたか、慌ただしく中へ報告に戻った。

「いいのですか？　あのようなこと……」

赤也の武家言葉には一切の違和感がない。

「餌(えさ)を出さねば無理だろう」

今口にした「丑」とは、浅草の丑蔵のことである。丑蔵は万次と喜八を捕まえるため、道中奉行に多額の賄賂を送った。そしてその見返りに江戸近郊の品川や板橋などに検問を張らせたのである。

あれほど大規模なこと、最末端の道中方、現場の道中同心は知らぬであろうが、奉行の補佐役である与力が知らぬはずはなかろう。

「しかし、丑蔵は……」

「ああ」

丑蔵はすでにこの世にはいない。依頼主である丑蔵が死んだことはすでに聞き及んでいるだろう。故に道中奉行もその件からは手を引いていようが、他家の者が知っているとなれば、その麾下の与力も気が気でないに違いない。必ず会おうとするはずと見た。

「中へ……」

煙草を一、二服するほどの間に家士が戻り、屋敷の中へと促した。二人は目で頷き合い、門を潜る。

「座敷でお待ちです」

「いや、庭へ回るとお伝え下さい。互いに外聞もありますので」

家士はまた一人で伝えに行き、入口のところで再び待った。建前としては内密の話であるためということにしているが、実際のところは、

――少しでも近づきたくない。

と、いう理由である。

赤也の施す化粧は確かに一級の技である。白粉を駆使するだけならば変装とはまず思われない。だが澱粉を多く使い、顔の形までも大きく変える場合、遠目には全くの別人に見えるという利点があるものの、近づいて凝視されればどうしても作り物であると露見しやすいのだ。部屋も薄暗いだろうが、今宵は月は雲に隠されているため、距離の生まれる縁での面会を望んだという訳である。それに万が一、正体が露見しても逃げやすかろう。

「裏へ」

主人に復命した家士は、庭へと案内する。丑蔵のことを臭わせたのは大きな効果があったらしく、疑われている気配は微塵も感じなかった。

庭で膝を突いて待っていると、縁を歩く跫音が近づいて来た。

「顔を上げられよ」

「は……」

いくら変装をしているとはいえ、毎度この時は緊張する。平九郎はゆっくりと面を上げた。

「松下善太夫でござる」

――ひょっとこのような面だ。

善太夫は眉が薄く、鼻梁も低い。ただ口笛を吹いているかの如く、唇が突き出している相貌である。

「何か火急の用とか」

その特徴的な唇を動かし、善太夫は続けて問うた。

「は……松下様にお頼みしたき儀があり、罷り越しました。夜分に申し訳ございませぬ」

平九郎は痩せぎすの老人を脳裏に描き、出来得る限り寂のきいた声で答える。

「その前に……案内役に丑のことと申したとか」

「はい」

善太夫はやはり喰いついて来た。いくらこちらが旗本を装ったとて、すんなりと頼みを聞いてくれる保証はない。確実に要求を通すには、賄賂か脅しが有効である。今回は後者でいくことにした。

「いかなることか」

どうやら臆病な性質であるらしい。つんと出た唇が微かに震えているのが見て取れた。この恐怖心を煽り、聞き出すのが最も良いだろう。

「こちらの願いを聞き届けて下されば、すぐにでもお話し致します」

「先に申せ」

このままやり取りをしても話は平行線を辿るだけだろう。

——ここらが賭けどころか。

平九郎はそう考えて、思い切って立ち上がろうとした。

「信じて下さらぬとあれば致し方ありません。お暇致します」

「ま、待て——」

「もう一人の与力様にお願い致します」

道中奉行の麾下には与力が二名配されているのだ。そちらと天秤に掛ける素振りを見せた。

「話次第によっては聞かぬでもない」

善太夫が乗って来たことで、平九郎はゆっくりと元の場所に片膝を突いた。

「内密にして頂きたいのですが……」

「約束しよう。代わりにそのほうらも必ず申せ」

さらに念を押して来るあたり、善太夫の心中は相当騒がしいことになっているに違いあるまい。

「実は、当家の姫が三日前に屋敷を出て戻られぬのです」

「何だと？　勾引かされたと申すか」

「いえ、お恥ずかしながら相当に奔放な姫でして……駕籠を使い、江戸を抜けられたようなのです。蕨宿に行ってみたいと侍女に申しておられたようです。かつてもこのようなことがあり、その時は無事見つかりましたが、此度はまだ捕まえられず……」

「なるほど」

善太夫は尖った口をさらに尖らせて唸った。

「蕨宿に向かっているならば、道中与力の松下様は何かご存知ではないかと、藁にも縋る思いで参上した次第」

「そのほうら、運が良い」

善太夫は眉を開いて得意顔になった。

「え？」

「丁度、高井戸などで無宿者の出入りを取り締まっていたところだ。駕籠の中も改め、すべて帳面に記させておった」

無宿者というのは、人別帳に名の記載がない者のことである。昨今の飢饉により、農村から江戸に大量に民が流れ込んできており、幕府も相当に頭を悩ませているのである。

もっとも宿場を警戒していたのは、丑蔵の依頼を受けてのことであるが、善太夫はそのように嘘をついた。

「それは渡りに舟……何卒、帳面を調べて頂けないでしょうか？」

平九郎は地に触れるほど頭を垂れた。

「その程度のことならば構わぬ。誰か」

善太夫が中に呼びかけると、家中の者が姿を見せた。

「各宿場の記録をここへ持て」

「はっ」

記録を取り寄せる間、暫しの間が開いた。

「確かそのほうら名は……」

「用人の久世平八と申します。こちらは稲生儀八郎」

「そうであった。久世殿……その髪……」

ぎくりとして身が強張った。闘争の場では滅多なことでは動揺せぬが、このような時は訳が違う。人にはやはり得手不得手というものがある。

「何でしょうか……」

声が僅かに裏返った。

「歳の割に髪が多く羨ましい。近頃、私は髷も結いにくくてな」

善太夫はそう言うと、額をつるりと撫でた。善太夫は見たところ四十を少し超えたくらいであろうが、確かに言われてみればその割に髪が薄い。小ぶりな髷を結い上げている。

「丑」の一件が解らぬ以上、どうやらこちらよりも、向こうのほうが、間が持たぬことを恐れたようだ。

「いえ、そのようには思われませぬが」

反応をしたのは赤也である。

——上手すぎるだろう。

平九郎は感心してしまった。平九郎のような付け焼刃の演技とは異なり、声質まで変わっている。どのようにしているのか、肥えた者の多くがそうであるように、声がくぐもっている。赤也に勇気づけられ、平九郎も演技に没頭した。

「その代わり、姫に苦労を掛けられ、白髪が増えました……」

「そうか、そうか」

他の役目についている者がそうであるように、善太夫は賄賂を受け取るほどのことはするが、特別悪人という訳でもなければ、善人という訳でもない。いわばどこにでもいる中堅の旗本といったところのようだ。

善太夫は記録を持って来た家臣たちをその場に残し、帳面を調べるように命じた。

「姫はどのようなお顔じゃ」

「歳は十一、二重瞼で、唇は薄うございます。恐らく市井(しせい)の者の恰好に変装しているかと……」

事前に聞き込んだお春の特徴を伝えた。

「よし、暫く待て」

四半刻ほど待たされたが、どうやら子どもが駕籠に乗って宿場を通過したということはないらしい。

「力になれず、すまぬな。姫はまだ江戸におられるのではないかな?」

善太夫は憐れむように言った。本当に同情しているといった様子である。

――やはり、娘の乗った駕籠は無いか。

平九郎の予想通り、菖蒲屋が出した駕籠には誰も乗っていなかったらしい。近所の者たちを証人にするため、わざわざ大仰（おおぎょう）に出立させたのだろう。

「松下様、ありがとうございました」

「皆の者下がれ……」

善太夫は短く言い、家中の者たちは帳面を抱えて再び席を外した。

「で……丑の件とはなんだ」

善太夫の目に怯（おび）えの色が浮かんでいるのがはきと解った。

「それは松下様が最もよくご存知のはず」

「はて、とんと思いもよらぬが」

善太夫は首を傾ける。馬脚を露すことにならぬよう、細心の注意を払っているのだろう。このままでは話は平行線になると見て、平九郎は思い切って切り出した。

「浅草の丑蔵の頼み事のことでございます」

そこまで言っても善太夫は何も答えない。

平九郎は相好を崩す。きっと赤也が作った口辺の皺が強調されていることだろう。

「実は我らの主人も丑蔵と懇意にしておりまして。家中を挙げて万次、喜八なる者を捜していたのでございます」

「そ、そうか。知らなんだ」

安堵したのか、善太夫の肩がすとんと落ちる。

「はい。それで、喜八なる者の足取りを摑んだ故、松下様にご報告をと思い……」

「いや、よいのだ。その件は終わった」

「と、申しますと？」

眉間に皺を寄せて平九郎は惚けてみせる。善太夫は左右を見て誰もいないのを改めて確かめると、膝を折って庭に向けて囁いた。

「知らなんだか。浅草の丑蔵は死んだ」

「えっ――それは何故」

赤也が驚きの演技をしてみせた。これも絶妙の上手さである。

「何者かに襲撃されたようだ。丑蔵だけでなく、一家の者十数名も斬り殺されていた。今、奉行所が調べているところだ」

「何者でしょうか……」

赤也が引き続き尋ねる。

「奉行所の見立てでは、恐らく駒込の元三郎ではないかと。互いに争いが絶えなかったようなのでな。ともかく……そのような次第だから、丑蔵の件は仕舞いじゃ」

「松下様の気苦労が晴れ、ようござりました」

「うむ。道中の役目は我ら与力で回しておるというのに、勝手に安請け合いをなさるとは、奉行にも困ったものよ……これは口が滑った。忘れてくれ」

安心しきったか、善太夫は言わずともいいことを口にして苦笑した。

「では、我らはこれで……」

頃合いと見て、平九郎は腰を浮かせた。

「うむ。姫が無事であるとよいな」

平九郎と赤也は深々と礼をし、庭から門へと回った。来た時に会った門番の家士がそこで待ち構えており、門を内側から開く。二人が出た後、門を差し込むつもりらしい。

門番にも礼を言い、門を出ようとしたところで、外側から入って来た者がいた。が、咎めぬことから、身内の者だということはすぐに解った。

「お客人か」

「火急のご用とのことで」

「さようか」

平九郎と赤也はこちらにも善太夫の時のように深く頭を垂れた。

「今、お戻りで？」

「ああ。宿場から引き上げよとお達しがあったのでな。丁度、最後の帳面を持参したのだ。松下様はお休みか？」

「いえ、まだ」

「ならば、戻ったことを復命したい」

そのやり取りを縫うように、赤也が短く言った。やはり声色は変えている。

「では、我らはこれで」

頭を下げたままの恰好から、身を翻（ひるがえ）すと同時に背を伸ばし、速やかに二人は屋敷を後にした。三町進むまで、どちらも一言も発しない。平九郎は背後を窺（うかが）いつつ、ようやく口を開いた。

「尾（つ）けられてはいねえようだ。危なかった」

「まさかあそこであの同心が戻ってくるとは……予想外だったたな」

平九郎らが屋敷を辞そうとした時、入れ違いに戻って来た男こそ、板橋宿で駕籠を詮議したあの篠崎瀬兵衛だったのである。

「気付かれたか？」

「いや、俺の化粧だぜ？」

赤也は得意げに鼻を鳴らした。

「ともかく、菖蒲屋に奉公していたというお春なる娘、故郷には帰っていないようだ」

「となると……どこに？」

「まだ菖蒲屋の中にいる」

赤也は巻き付けた布のせいで躰が痒くなったか、懐に手を入れてぼりぼりと胸を掻いた。

「厄介だね」

「ああ、厄介だ」

くらまし屋には七つの掟がある。それらは相手に遵守させるものであると同時に、己たちも決してその手筈を外さぬと決めているのだ。そうすることが己たちの身を守る最善だと知っている。今回の場合、掟の第一の項、

——一、依頼は必ず面通しの上、嘘は一切申さぬこと。

に抵触することになる。

お春という者にどうしても会わねばならないが、未だ杳としてその居場所は解らない。恐らくまだ菖蒲屋にいると仮説を立てたものの、それもまだ確かとは言えないのである。

　ではこの依頼を無視するか。答えは否である。依頼が悪戯の類ではない以上、何としてもそれに応えるのが、平九郎の、いや、くらまし屋の流儀であった。そうでなくては、今後頼ろうとする者がいなくなるだろう。

「ここのところ、依頼者に会うのも一苦労だね」

「出向けぬほど切羽詰まった者が多いということだ」

「どうする？」

「七瀬に諮る。何かいい案を思いつくかもしれない」

「あいつは馬鹿みたいに頭が切れるからな」

「それ、矛盾してないか？」

「あ……そうか。また馬鹿にされちまう」

　赤也はけろりと笑って舌を出して戯けてみせた。

　――篠崎瀬兵衛……。

　平九郎はすれ違う瀬兵衛を思い起こしていた。門番のほうを向いてはいたが、あの男は横目でこちらを凝視していた。頭を下げ、視線を外していたが、平九郎もそれに気づいている。

赤也の施した変装がばれることは考えにくい。ましてや門番や瀬兵衛は提灯を持っていたとはいえ、薄暗い中である。見破れるはずはない。

まだひとりでぶつぶつ言っている赤也をよそに、平九郎は今一度振り返った。やはり尾けられている気配はない。それでも消えない嫌な胸騒ぎを振り払うように、平九郎は歩調を速め、夜の江戸へと溶け込んでいった。

六

翌日、暖簾を下ろす頃合いに、平九郎は波積屋を訪ねた。

「もう二人は待っているよ」

迎え入れた茂吉の第一声がそれであった。

「上だな?」

「ああ。下は任せておいてくれ」

茂吉が見張ってくれるということである。

波積屋の板場の入口の手前、何の変哲もない壁を押せば、隠し戸になっており、箇素な階段が現れる。そこから二階に上がれるようになっていた。二階とはいえ、実際には屋根裏のようなもので、外からもそう見えるようになっている。

平九郎は小さく頷き、階段を上がった。二階にはすでに無数の蠟燭が立てられているのだろう。天井や壁が薄い橙(だいだい)に染まっている。

頭が二階に突き出た段階で、赤也が声を掛けて来た。

「平さんにしては遅かったな」

いつも遅れてくるのは赤也と相場が決まっている。

「珍しく大屋が呑みに出かけたらしくてな。千鳥足で戻ってきて道で寝ていると、同じ長屋の者が手助けを求めて来たんだ。酩酊した大屋を家に運んでいて遅くなった」

藤助は酒をあまりやらない性質だが、思うところがあったか、へべれけになるまで酔っていた。貞太郎一家のことで相当に参っているのだろう。

「赤也の遅刻の言い訳と違い、平さんは優しい」

七瀬は口を緩めつつ言った。

赤也の理由と謂えば、自身が酒を呷(あお)って寝過ごした、いい女に巡り合ったから二度と会えぬと思い口説いていたなどというものである。そして最も多いのが博打を打っており、もう少しで流れが来そうでのめり込んでいたというもので、その度に七瀬に自覚を持てと叱り飛ばされている。

「さて……やるか」

蠟燭をふんだんに使っているから、夕刻ほどの明るさはあり、皆の表情もはきと見える。今日も三人は板間の上に車座になった。

真っ先に口を開いたのは膨れ面の赤也であった。

「七瀬には状況を先に説明したぜ。それでだ。俺が化けて入るというのはどうだい？」

「待て。その前にどうしても気になっていることがある」

平九郎が制すと、七瀬はこくりと頷いて引き継いだ。

「仮に捕らわれているとすれば、何故たかが十一歳ほどの小娘に、そこまでしなくちゃならないかってことね」

「ああ。菖蒲屋はお春を逃がしたくない訳がある。だから追って捕まえた」

くらまし屋に向けて文を書き、田安稲荷の狐の下に埋めたということは、少なくとも一度菖蒲屋から逃げ出したということになる。しかし追いつかれて連れ戻されたのだろう。血で文字を書いたのも、よっぽど切羽詰まった状況であったとすれば説明が付く。

「訳か。そりゃ、何だ？」

赤也は首を伸ばして交互に二人を見た。

「店に関わることじゃないかな」

「じゃあ……こう言っちまったら何だが、どうして殺さねえ。いや、もう殺されてるかもしれねえぞ」

店に関わる重大な秘密を、お春という娘が握っていたとすれば口封じするのが最も確実である。

「それはまだ無いだろう。そこまでするなら、駕籠を出すような大掛かりな芝居はしねえだろう。お春の屍が江戸で見つかれば、もう言い逃れはできないからな。どうだ？」

平九郎も七瀬の意見を聞いてみたかった。

「平さんの言う通り。じゃあ、何故殺さないかといえば、難しい問いね」

七瀬はそう前置きして少しの間考えていたが、整理が付いたか一気に語り始めた。

「まず殺しは相当な覚悟がいる。見つかれば店は疎か、打ち首になってもおかしくない。捕らえておいて、時が過ぎれば解決するような問題なのかもしれない」

七瀬は話しながら、己を納得させるかのように頷き続けた。

「そして、お春を逃がしたくない者は、その本当の訳を隠したいとも考えられる」

誰かに、菖蒲屋の他の者たちは嘘の理由を聞かされているということである。それがいかに巧妙な嘘であろうとも、

——殺してしまえ。

と、皆が思うような理由をでっちあげられるはずはない。ならばいくら殺したくとも、他の者の協力を得られず、最悪の場合、奉行所に駆け込まれる恐れも出てくる。

「はきとは解らないが、いい線かもしれんな」

七瀬の仮説には一本筋が通っているように思えた。

「菖蒲屋の他の者を欺(あざむ)けるとすれば、二人しかいないでしょうね」

「主人か女将だな」

「ええ。奉公人がそこまで出来るはずないものね」

「お春はどこにいると思う」

「菖蒲屋の中で、捕らえておくに最も適した場所といえば……土蔵」

菖蒲屋は漆喰壁の土蔵を持っている。そこが最も怪しいだろう。

「で、どうするんだい？」

赤也は焦れったそうに指で自らの膝を叩いた。

「忍び込むしかないだろうな」

「そこまでするなら、もう晦ましちまったほうがいいんじゃないか」

赤也が言うことにも一理ある。依頼を受けるか否かを確かめるためだけに、苦労して忍び込むのだ。仮に依頼が真っ当なもので、取り決めが成立し、再度忍び込んで晦ませるのは二度手間というものだろう。

だが平九郎は了としなかった。

「駄目だ。話を聞くのと、晦ませるのでは、その難しさが天と地ほど差がある。何も店を抜け出せばそれで終わりじゃあない。その後の逃げ道まで全て作ってからでないと勤めは出来ない」

話を聞くだけならば仮に露見しても、逃げるのは己だけでいい。己だけならばよっぽどのことが無い限り、逃げ遂せる自信がある。

しかし依頼人を連れて逃げるのは難しい。見つかれば追手を返り討ちにしなくてはならない。いや、そもそもそんな危険に晒すことすら避けるべきで、神隠しのように消すのが最も理想的である。

「赤也は気が短いんだから。罠の可能性もまだ捨てきれないし、何よりそのお春が歩けるとは限らない」

七瀬が嚙んで含めるように言う。

その通りである。未だ見ぬお春は病に冒されているかもしれないし、折檻を受けて脚が萎えているかもしれない。

全てを確かめ、綿密に計画を練らねば、痛いしっぺ返しを食らうことになるだろう。

「やっぱり、化けるのが一番じゃないか」

赤也はそう結論付けた。

「それも駄目。近所の人にも隠しているのに、どんな変装をしようと、ぽっと現れた男を土蔵まで近づける訳がない」

七瀬にまで否定されて、赤也はむっとした表情になる。

「舐めんなよ。俺が本気を出せば……」

「分かっている。そういきり立つな」

平九郎が窘めると、赤也は気を落ち着かせるように深く息をした。

「心配して言っているのに。万が一ばれたら、袋叩きになっちゃうじゃない」

七瀬の言う通り、赤也の腕っぷしは決して強くない。むしろ上中下でいえば、下の部類に入るだろう。

「わかったよ。自信はあるが、ここは譲っておく」

「でも、あんたにも手伝って貰う」

「何をすりゃあいいんだよ」

赤也は少し拗ねたように横を向いた。

「平さんを化けさせて。土蔵に近づいてもおかしくない者に」

「何だそりゃ？」

「それは………」

策の核心に近づいたか、七瀬は声を落として説明した。

「それなら違和感はないな」

全てを聞き終えて平九郎はそう評した。

「でも後に警戒されることになるかもしれない。それは覚悟して」

そう話を結ぶ七瀬は、蠟燭の灯りに照らされて、いつもより妖艶に見えた。知性というものは、時として女を美しく見せる化粧になる。それは赤也でも施せぬものだろう。そのようなことが頭に過りつつ、平九郎は顎を引いた。

第三章　掟破り

一

　夜明け前、外がにわかに騒がしくなってお春は目を覚ました。厳密にいえば未明かどうかも怪しい。土蔵に一つだけある小窓から、赤い光が差し込めば夕刻とだけ解る。その頃になると、主人の留吉自ら食事を持ってくる。もう他の奉公人も近づけたくない、そのように思われた。

「何があっても話すな。話せば二度と母に会えないと思え。一月、二月すれば本当に出してやる」

　留吉は厳めしい口調で言った。

「誰にも言いませんから、おっ母のところへ……」

　そう願ったが、留吉は首を激しく横に振る。

「お前はその気かもしれない。だが、亀之助が勾引かさないとも限らない。暖屋が店を引くまでの辛抱だ。流石の畷屋も閑古鳥が鳴いたまま、三月も持ちこたえられるはずがないからね」

留吉はそう言うと、再度、

「誰とも話しちゃいけないよ。二度とここから出られなくするからね」

と、念押しして出て行った。

飯を食べた後、お春はまどろみ、目を覚ませばもう真っ暗だった。どれほど眠っていたのか、自分でも見当がつかないのである。

「何だろう……」

誰もいないが、時折このように声を出してみる。いざ母と会った時、声が出なくなっていたらどうしようという不安があるのだ。

もっともお春はすでに諦めかけていた。

——風太さん、嘘はついていなさそうだったけど。

揶揄うためだけに、あれほどのことをしてくれるはずがない。となると、自分が埋めた場所が間違っていたのかもしれない。そう思って、あの日のことをよくよく思い出してみるが、やはり言った通りの場所に埋めたように思う。

外の声はさらに大きくなる。暗がりを手探りで進み、手が触れたところで壁に耳を当てた。

——火事……？

火事、炎、類焼、そのような言葉が飛び交っている。暫く耳を澄ましていると、複数の人が駆け回っている跫音が聞こえた。さらによく聞けば、火事を報せる半鐘の音も聞こえている。

「ここまで火が来るらしいです」

お春より五つ年上の奉公人、久四郎の声である。

「皆、早く逃げるんだ！」

指示を出しているのは留吉の声である。

「土蔵にはお春がいます」

久四郎はお春のことを覚えていてくれた。留吉はお春が店の金に手を出そうとし、恩情をかけておいてやったのに、恩を仇で返すように逃げ出した。故に暫く折檻すると女将、奉公人に嘘をでっちあげている。とはいえ、それで見殺しにするのは酷過ぎると、久四郎は考えてくれているのだろう。

「わかった。鍵は私しか持っていない。開けて来る。久四郎は先にお逃げなさい」

「しかし旦那様だけを残らせる訳には……」

久四郎はなおも食い下がる。

「いいから。早く。皆を連れて。お春はうちの大事な奉公人だ。私が助ける」

「旦那様……」

久四郎は感極まって声を詰まらせたように聞こえた。

「行きなさい！」

「旦那様も早くお逃げ下さい」

お春はここで自分の置かれている状況の全てが、ようやく呑み込めた。留吉は久四郎をこの場から離れさせたいのだ。つまり留吉の狙いは、

——私を火事の中に置き去りにすること……。

「待って!!」

ありったけの声を上げて久四郎に呼びかけた。壁を両の拳で激しく叩く。しかし厚い壁に遮られているからか、喧騒の中だからか、久四郎は気付かないようである。

「お春」

ぎょっとした。この壁の裏に留吉がいる。きっと顔を壁に擦り付けて話しているに違いない。それほど声は近かった。

お春が何も言えずに震えていると、留吉はさらに続けた。

「こんな時に火事とは……天は私の味方のようだ」

殺したくても、奉公人たちには盗みを働こうとしたと説明した手前、そこまでは踏ん切りがつかなかった。そういうことらしい。

「助けて‼」

「もう皆逃げた。私も行くよ」

「待って！　開けて‼」

お春は繰り返し叫ぶが、もう留吉の返事はなかった。壁を何度も叩き、拳に鈍い痛みが走る。それでもお春は力を弱めずに叩き続け、叫び続けた。

「誰か！　私はここにいる。誰――」

「静かに」

「えっ――」

聞き覚えのない男の声で、唐突に呼びかけられた。それも近い。先ほどの留吉のように、壁に頰(ほお)をつけているに違いない。

「お春か」

「はい！　誰⁉」

男の声は低く、それでいて壁を隔ててもしっかりと聞こえる。

お春は唇が壁に引っ付くほど近づけて叫んだ。

「くらまし屋だ」

「くら……ましや？」

お春は問うたが、暫し返事がなかった。また誰もいなくなったかと不安が過った時、再び男の声が聞こえる。

「知らぬのか」

「知らない」

「お春で間違いないのだな」

「はい！」

何のための問答だというのだ。訳が解らない。それでも会話が途切れないよう、お春は即答していく。

「文を書いた覚えは？」

「あっ……田安稲荷の」

「それだ。稲荷のどこに文を」

「狐！　玉を咥えた狐の下に埋めた！」

「よし」

そう答えたきり男の声が途絶えた。返答がまずかったのか。まだそこにいるのか。何と呼んでよいのか解らず、少し思案して恐々呼んでみた。

「くらまし屋さん」

「ああ。いる」

何か考え事をしている。五感を殆ど使わない日々が続いたからか、お春は妙に頭が冴え渡っているような気がした。くらまし屋と名乗ったこの男は、何かを思い悩んでいるのだ。そう直感した。

「金は幾らある……」

「え……お金？」

くらまし屋とは強盗のことなのか。江戸ではそのように呼ぶのか。では何故、風太さんは文を書いたら助けてくれると言ったのか。意味が解らずに言葉が出てこなかった。

「何も知らぬようだな」

「はい」

素直に答えた。お春はただ文を埋めろと勧められ、それを実行したに過ぎない。

「そこから逃げ出したいのか？」

「はい！」

「何故？」

「多摩のおっ母が死んじゃいそうなの……早く行かないと……」

お春は早口でこれまでのことを洗いざらい吐露した。

男の溜息が聞こえた。もしかしたら何か気に障ることを言ってしまったのか。そう脳裏に過った次の瞬間には、口から謝罪の言葉が零れでていた。

「ごめんなさい……」

「何で謝っちまうんだよ」

先ほどまではどちらかといえばお武家様のような話し方だった。それが唐突に砕けた、町人のような話し方になった。

「くらまし屋さん？」

「ああ、いるから心配するな。お春、一つだけ訊かせろ。田安稲荷の玉を咥えた狐の下に文を埋めればよいと、誰に教えて貰った」

「風太さん」

「風太……風太……」

くらまし屋は三度その名を呼んだ。どうやら思い当たる人物はいないらしい。続けて尋ねてきた。

「どこで会った。何をしている男だ」

「逃げている時に会って助けてくれたの。飛脚だと思う」

「飛脚……」

そこまで言っても、くらまし屋はぴんとこないようである。

「容姿は？ 顔の特徴だ」

子ども相手だと思ったか、噛み砕いて言ってくれる。想像していた顔は厳めしいものだったが、存外優しい顔つきかもしれないと思い直した。

「えーと……目が団栗みたい。鼻は高いほうだと思う」

「他には」

そう言われても、あの一度きりしか会っていないのだ。中々特徴が思い出せない。

お春は唸って考えてはっと思いついた。

「右の目元に涙みたいな黒子があった！」

「土竜の伊介……なるほど。全て呑み込めた」

「伊介？ 土竜？」

風太とは異なる名を言い、勝手に納得してしまっている。

「伊介……いや、風太はどこに」

「判らない。追いかけてきた鳶に乱暴を受けて……もしかしたら……」

ぼろぼろになった風太を想像すると、感情が一気に込み上げてきて声が詰まった。

「殺しはしないだろう。お春、改めて訊く。幾ら銭を持っている」

「七十文と少し……」

近所に使いに行かされた時、たまに客が駄賃をくれる。江戸に来たがっていた弟に、何か玩具を送ってやろうと、こつこつと貯めていたものである。

今までの男の口振りだと、逃がしてくれるのにお金が掛かるのだろう。それもお春には想像もつかないほどの大金に違いない。一両、いや五両かもしれず、七十文では到底足りないに違いない。

折角、風太さんが躰を張って逃がし、紹介してくれた人だが、己の依頼などは到底受けてくれないだろうと諦めた。そうなると、

――このまま焼け死んでもいい。

と、思い始めている。そうなれば魂だけになって母のもとに駆け付けられるかもしれない。もはやお春にはそんなことさえ一縷の望みであった。

「受けてやろう」

「え……いいの？」

「こちらも確かめたいことがある。そのついでだ」

くらまし屋は先刻までのようなお武家の言葉に戻っている。

「飯は食えているか」

くらまし屋は続けて尋ねてきた。

「それは朝夕運んできてくれる」

「誰が？」

「旦那様が。他は誰も来ない」

鼻を鳴らす音が聞こえた。壁を突き抜けて聞こえるのだから、相当大きく鳴らしたのだろう。

「母御の容態は？」

「あと一月ももたないんじゃないかって……」

「そうか。十日待て。必ず晦ませる」

「うん……待っています」

「俺が来たこと、誰にも話すな。そろそろ行く」

「待って！　火事が――」

お春が懸命に呼び止めるのを、くらまし屋は遮るように短く言った。

「火事など起こっていない」

「え……」

「時が無い。大人しく待て」

そこから何度呼びかけても、くらまし屋の返事は無かった。火事など起こっていないとはどういうことか。そう言えば、少し前から激しく鳴り響いていた半鐘の音が止んでいる。

お春は頰を抓ってみた。夢かもしれないと考えたのである。そうでなくとも幻聴かもしれない。何しろ話していた男の顔も見ていないのだ。

「痛い」

痛みがあることが嬉しかった。何者かは解らない。語調も時折厳しかった。ただ声の奥に柔らかさが常に潜んでいるように感じた。

お春は元居た場所に戻り、再び蹲った。ただ半刻前とは違い、心に一筋の光が差し込んだようで、お春はほんの少し口元を綻ばせた。

二

平九郎は菖蒲屋から小走りで出た。往来に行き交う人はあったが、何人も怪しむことはない。今の平九郎は火消装束に身を固めている。

——太鼓を叩く。

これが七瀬の立てた策の始まりである。

火事が起これればまず武家火消が太鼓を叩く。それを受けて町火消が半鐘で伝播させていく仕組みになっている。つまりある地点で太鼓を打てば、水面に波紋が広がるように半鐘が広がっていくことになる。

とはいえ武家屋敷に忍び込んで太鼓を叩く訳にはいかないし、往来に太鼓を置いて打てば、すぐに奉行所の連中がすっ飛んでくる。

——別に私たちが打たなくても、打たせればいい。

日本橋にほど近い八重洲河岸定火消に、町火消に扮した赤也が駆け込み、

「火事でございます！　太鼓を——」

と、喚き散らしたのである。赤也はより信憑性を持たせるため、顔に火傷の痕まで澱粉で精巧に作り上げている。

そもそも火消というものは、大して調べることもなく太鼓や半鐘を打つ傾向にある。仮に誤報であったとしても、結果的に火が出ていなければそれでいい。その程度に考えている。それよりも火事が起こっているのを見過ごし、お上の叱責を受けることを恐れる。故に騙すことは容易なのである。つまり町全体を騙すことになる。

太鼓が打たれ、半鐘が伝播した頃を見計らい、今度は平九郎が近隣に火事だと叫びつつ、菖蒲屋に駆け込む。そして、

「油に火が付いて凄まじい勢いです。このままだと四半刻もしないうちにここも火に呑み込まれる」

そう告げる段取りである。

菖蒲屋は蜂の巣を突いたような騒ぎになり、帳簿や金を手分けして持ち、退散を始める。その騒ぎに乗じて土蔵に近づいたのであった。

――やはりそうか。

平九郎がこっそり庭に回ると、家守のように土蔵に身を寄せ、話しかけている者がいた。主人の留吉であろう。七瀬は、留吉はきっと火事を僥倖とみて、お春を見殺しにするに違いないと考えていた。奉公人の中には助け出そうとする者もいるはずで、必ず自ら助けると言い張ることまで予測していた。まさしくその通りになったという

訳である。

留吉が薄ら笑いを浮かべて退散するのを見届け、平九郎は土蔵に近づき、中に声を掛けたという次第であった。

半鐘が止み、方々で火消たちが誤報であったと町々に告げている。往来にも胸を撫で下ろしつつ、家路に就く者が溢れていた。そのような人混みを、平九郎は火消装束のまますり抜けていく。そして辻を折れて猫道に入り、火消半纏を脱ぎ捨てると、何食わぬ顔で波積屋を目指した。

途中、辻に差し掛かったところで、赤也がこちらに向かってくるのが見え、平九郎はその場で足踏みをして待った。

「どうだった？」

合流するや否や、赤也は小声で尋ねてきた。

「いた」

平九郎は多くを語らず、ただ一言返す。

「それはよかった」

「そちらは？」

「上手くいった」

「誰も怪しんでなかったか？」

「一人だけ怪しんでいるような奴もいた。菩薩の面みてえな顔した気味悪い若侍さ。まあ、どうってことないさ。これもあるしな」

赤也は自らの頰をそっと撫でた。見事に火傷の痕が再現されている。これは火消を装うためということもあるが、このような目立った特徴があると、人はそのことばかり記憶して、顔を覚えにくいということもあるらしい。

「赤也の変装を訝しむとは相当だな」

「いや、たまにいるんだよ。そういう奴は目で見てねえ。嗅覚で感じ取る。俺の化粧とて完璧じゃねえってことさ」

「いつになく弱気じゃねえか。七瀬の小言が効いたか？」

「あいつは一々煩いんだよ」

赤也は鼻を鳴らして、おまけに舌打ちまでした。赤也は七瀬のように手厳しい女に会ったのは初めてだと、以前愚痴を零していたのを思い出した。

「じゃあ昔に戻るか？　どんな女もちやほやしてくれるぞ？」

平九郎としては揶揄ったつもりだが、赤也は苦虫を嚙み潰したような顔になった。

「まっぴら御免だ」

赤也は吐き捨てるように言い、平九郎は片眉(かたまゆ)を上げた。

その日の夜、波積屋の二階に再び三人は集まった。いつものように茂吉(もきち)は、下で片づけをしながら見張ってくれている。

「と、いう訳だ……」

平九郎が菖蒲屋でお春と話したことの全てを告げ終えた。しかし二人は暫しの間、口を開かなかった。赤也は腕を組んで難しい顔で天井を見上げている。

「平さん……」

七瀬が弱々しく呼んだ。

「ああ」

「何で受けたの？」

そう来ると思っていた。平九郎が押し黙っていると、今度は赤也が冷たい口調で言った。

「悪いけど今回、俺は降りさせてもらう」

「構わねえ」

平九郎としても止めることは出来ない。何しろ己がくらまし屋の掟(おきて)を破っているの

である。掟の第二項、

――こちらが示す金を全て先に納めしこと。

のことである。このようなことは今まで一度たりともなかった。

「ねえ、何で？」

七瀬は重ねて尋ねる。平九郎は重々しく答えた。

「何も金のあてが無い訳じゃあない。必ず回収する」

「菖蒲屋からぶんどって？」

「それでもいい」

「平さん……それじゃあ強請(ゆすり)たかりと変わらない」

七瀬の呆(あき)れた溜息が耳に痛かった。

「そうだな」

「そりゃ、その娘を助けたいのは解る。私たちが冷たいのかもしれない……でも平さんが常々言っていたことじゃない。何も俺たちは慈善で人助けをしている訳じゃない。世の全ての人を助けるなんて大それたこと出来るはずがねえって」

七瀬の言う通りである。それは確かに口が酸っぱくなるほど語ってきたことであった。

赤也が加わり、七瀬が加わり、今では三人で事を為すようになっている。くらまし屋の掟はその以前、平九郎が一人で行っていた頃から掲げていたものである。加わった二人にもこれを遵守させてきた。それは自分たちの身を守るためでもあるのだ。

「すまねえ七瀬、お前も降りていい」

「そうじゃなくって……」

「七瀬、もういい」

赤也が険しい顔で制した。

「でも——」

「元来俺たちは馴れあう仲じゃねえだろう」

普段は七瀬に捲し立てられている赤也であるが、今日ばかりは言葉に有無を言わさぬものを感じた。

それもまた真実であった。この三人は三様に金を必要としている。そして平九郎も二人が役立つ力を持っていると認めたからこそ、仲間に引き入れたのだ。

「すまねえ。今回の勤めは俺一人でやる」

平九郎はそう言うと腰を浮かした。七瀬はまだ何か言おうとしたようだが、身を翻して階段を降りた。

「終わったのかい？」

皿を布で拭き上げている茂吉が訊いてきた。

「ああ」

「一杯付き合ってくれないか」

「悪い。今日は帰るとするよ」

最後の段から足を下ろし、平九郎は言った。

「そうか……じゃあまた近く」

「そうだな」

平九郎は無理やり笑みを作って見せ、波積屋を後にした。

今宵は星が沢山出ている。それを見上げつつ平九郎はゆっくり家路に就いた。どんな訳があるのか知らぬが、星の瞬く強さにはそれぞれ差異がある。月にも負けぬと煌々と輝くものもあれば、夜空に半ば身を隠すようにひっそりと光るものもある。

平九郎は瞬きの強い星を避け、弱々しい星だけを目で追いつつ、ぷかりと息を吐いた。

三

今回の依頼は独りで為さなくてはならない。

——昔に戻っただけだ。

己にそう言い聞かせ、日本橋南の守山町(もりやまちょう)に向かった。ここには平九郎がよく利用する口入れ屋があるのだ。

口入れ屋とは、人手を求める者と、職を求める者を繋(つな)ぐことを商売にする店である。日雇いの人夫の口から、武家への中間(ちゅうげん)働きの口、時には妓楼に女を斡旋する女衒(ぜげん)のようなこともする。

店の前には木の看板が吊るされており、さして上手くもない字で「四三屋(よみや)」と書かれている。平九郎はその暖簾(のれん)を潜った。

「俺だ」

「お、平さん。久しぶりだね」

そう迎え入れたのは身丈五尺(一五〇センチ)の小男である。毛虫を這(は)わせたような太い眉、顔の中心を縦に割るが如き富士額が特徴的で、一重なのに大きな目と相まってどこか滑稽な顔つきに見える。

「坊次郎、達者そうだな」

平九郎がまだ独りであった三年前からの付き合いである。赤也や七瀬と行動を共にするようになってから、ここに来る頻度は下がったが、それでも三月に一回は顔を出す。

「一人かい？」

「ああ」

「最近じゃ珍しい」

坊次郎の存在は赤也らも知っており、両人ともここに来たこともあった。

「今回は少し事情があってな。独りなんだ」

「へえ……仲違いでもしたかい？」

坊次郎はなかなかに鋭い。もっとも坊次郎の「裏の顔」を知っていれば、それも納得出来るというものである。

「そんなんじゃないさ」

「何だ。儲けが増えると踏んだんだが、違うなら仕方ねえ」

坊次郎はにたりと笑い、ふさふさとした眉を上げた。

「頼みたいことがある。二つだ」

「じゃあ、奥へ。おい清六（せいろく）、店番しとけ」

帳面の整理をしていた小僧にそう告げ、坊次郎は奥へと誘（いざな）った。

坊次郎は表でほとんどの商いを行う。だがごく僅（わず）かな案件だけは、こうして客を奥へ入れるのだ。廊下の突き当たりにある六畳の部屋、ここに何度来たことか。平九郎はそのようなことを考えつつ席に着いた。

「で、何だい」

坊次郎の目がぎらりと光る。

「一つ、飛脚の風太と謂う男を捜して欲しい。最近、飯田町界隈（かいわい）で何人かの鳶に袋叩きにされたはずだ」

「飛脚ってことまで解っているなら容易い。こりゃ安くしとくよ。三日ほど貰えるか？」

「いや、時が無い。出来るだけ急いで欲しい」

「そうか。なら、明日一杯待ってくれ。その代わり三両頂くよ」

「構わない」

平九郎は食い気味に即答した。

「もう一つを訊こうか」

「人を雇いたい。今、すぐに手配出来る者を教えてくれ」

「平さんが雇い勤めとは、いよいよ珍しい」

雇い勤めとは、そのまま期間限定で人を雇い、勤めを為すことを指す。この「勤め」の意味は雇い主によって様々で、掏摸のような軽い盗み、押し込みのような重い盗み、あるいは殺しなどという場合もある。平九郎の場合はこれが晦ませるということになるのである。

「ちょっと待ってくれよ」

雇い勤めの依頼とは思いもよらなかったようで、坊次郎は一度席を立った。暫くして戻って来た時には分厚い帳面を手に携えている。

「多いな」

「最近は田畑を捨てて江戸に出てくる者も多いからね。まあうちとしては人手不足にならずに助かっているが、反面まともな職が少ないから、なかなか斡旋出来ずに困っているよ」

坊次郎は帳面を畳の上に置き、平九郎に見るように促した。そこには多くの名が羅列されており、その者の江戸での住まいも記されている。

その中には、名の上に墨を落としたかのような小さな丸が付いている者がいる。これこそが今、平九郎が欲している人材である。

「ざっと三百。その内、丸付きは四十二だ」

坊次郎は口に拳を当てながら言った。

平九郎が四三屋を訪ねた訳、それは裏稼業の者を雇うためである。表向きはまともな職を斡旋している坊次郎であるが、香具師、盗賊、または平九郎のような裏稼業の者に人を紹介するという裏の顔を持っている。

坊次郎は帳面を捲り一人を指差した。

「こいつなんかどうだ。安芸の芝八。元はなかなか名の知れた盗賊の一味だったのさ。歳は四十と些か薹が立っているが、十五両ほどと安く雇える」

「何が出来る」

「こいつは『潜』さ。上手くやるぜ？」

「潜は駄目だ。こちらも時が無い」

盗みを働く対象の家に、上手く縁を作って中に入り込む。そして時間を掛けて信用を勝ち取り、時が来れば中から手引きする者を「潜」と呼び、愛嬌があり、演技に長けた者が多い。家の者と懇意になる必要があるため、どれほど早くても一月、長い場合だと数年に亘って潜るため、勤めに時間を掛けられる場合のみ使える者である。

「急ぎなら仕方ないね。じゃあ。これはどうだ？　園部（そのべ）の亥作（いさく）。大抵の錠前なら開けられる鍵師だ。二十五両は頂くがね」

「鍵師か……使えるな」

土蔵には大きな錠前がついていた。この男を使えばそれを破れるだろう。

「どうだい？」

「候補に入れる」

「今は、『振（ふるい）』はいないぜ。出払っているんだ」

坊次郎が謂う「振」とは、武術に長けた者のことである。刀を振るうというところから来ているのだろう。もっとも振と言っても剣客とは限らない。小太刀、槍、弓、変わったところでは銑鋧（せんけん）と呼ばれる手裏剣や、縄で相手を搦（から）め捕る縛縄術に長けた者もいる。それらをまとめてそのように呼ぶ。これらの者は押し込み、殺しなど、大きな山に使われることが多く、その分礼金も弾まねばならない。

「それは必要ない」

平九郎が刀を遣うことは坊次郎も知らない。知っているのは赤也、七瀬を除いては、波積屋の茂吉くらいのものであろう。

「それなら、よかった」

「それにしても、全員出払っているのか？　どんな山だ」

振はその性質上、それほど数は多くない。それにしても一人も回せぬとはよっぽどであろう。

「平さん、忘れたかい？　それぱかりは言えねえよ。言ったら、俺はもうこの商いは出来なくなっちまう」

　坊次郎は不気味な笑みを浮かべた。口入れ屋は信用が第一。ましてや裏の世界に用立つ人材を仲介している者は猶更である。

「そうだったな」

「久しぶりに人を使うから、忘れちまったかと思ったよ」

――木田(きだ)丹左衛門(たんざえもん)がいたな。

　先ほど帳面を見た時、その名があったのを覚えていた。木田は無外(むがい)流を遣う腕の立つ浪人である。かつて平九郎がまだ独りであった頃、ある寺から人を晦ましたことがある。それを妨害する者がいるとの情報を摑んでおり、山門の見張りとして雇ったことがあった。

　もし現れても無理して倒さなくていい。僅かでも時を稼いでくれれば十分。そう伝えてあったのだが、依頼人を連れて山門に差し掛かると、丹左衛門の足元に三人の屍である。

が転がっていた。いずれも素人という訳ではなく、それなりに剣の心得のある者たち

——悪い。あまりに弱いので斬ってしまった。

丹左衛門は表情を一切変えることなく言い放ったのをよく覚えている。そのような丹左衛門だから、「振」以外に使われているとは考えにくい。

「坊次郎、その鍵師を仮で押さえる」

「仮？」

坊次郎は首を捻った。誰でも仮押さえが出来る訳ではない。何度も坊次郎と取引きをしたことがある者だけが許される。

「言ったように、今回は急ぎの勤めだ。下見も十分じゃあない」

「分かりました。明後日までにお返事を頂けますか？」

「ああ、頼む」

「平さんも良い人がいたら、紹介して下さい。礼金は弾みます」

坊次郎は手を摺り合わせながら言った。

「そういるもんじゃあない。人手不足か？」

「はい。近頃、江戸の闇は広がりつつあります。仕事が増えているのですよ」

「闇か……お前の商いもその一部だろう」

「滅相も無い。何を仰います」

坊次郎は目の前で大仰に手を振って見せた。

「よく言う。屋号にまで付けておきながら」

この口入れ屋の屋号は「四三屋」である。逆さまから読むと、

——闇夜。

となるのだ。洒落でもあるまいし、わざわざこのような仕掛けをするのはどうかしている。以前より平九郎はそう思っていた。それを察したかのように、坊次郎は片笑んで語り出した。

「わざわざこのような下らぬことをする必要はない。私もそう思っていましたが、何と言いますか……人は全く安穏でも鈍るものらしい。遊び心程度の危険があるほうが、仕事にも張りが出るというもの」

「俺はまっぴら御免だ」

そもそも昔の安らぐ日々を取り戻すため、この稼業に身を置いている。だが裏の道に足を踏み入れて解ったのは、坊次郎のような男は決して少なくないのである。

「もう行く」

平九郎はそう言うと席を立った。

「では、また明後日」

坊次郎も膝に手を添えて立ち上がった。

「見送りはいい」

「そんなつもりはありませんよ。やっぱり鈍ったんじゃありませんか？」

客が先に出て、主人の坊次郎は時間差で表に戻る。少しでも目立たないような工夫で、これがここの決まりであったことを失念していた。

坊次郎は毛虫のような眉を嫌らしく動かした。

「黙れ」

このような男と同じ穴の貉になっている。それが無性に腹立たしく、平九郎は鋭く言い残して足早に四三屋を出た。

四

翌日の午の刻（午後十二時）、平九郎は菖蒲屋に脚を向けた。今一度この目で見て、晦ませる手筈を決めるつもりである。

とはいえ、菖蒲屋に堂々と入る訳にはいかない。

菖蒲屋の斜向かいに、小間物屋がある。ここの屋根に上り、全容を確かめるつもりでいる。これもいきなり登れば、当然咎められるに決まっている。

――大工しかないな。

平九郎は髷を自ら結い直し、股引、半纏、竹梯子、道具箱を用意して大工に化けた。きっと赤也がこの姿を見れば、

――平さん、それじゃいけねえよ。

と、何か一つ二つは穴を指摘するだろう。だが平九郎にはこれが精一杯である。

「すいやせん」

平九郎はその装いで、小間物屋を訪ねた。

「はいはい。何をお求めで？」

応対したのは初老の男である。ここの主人であろう。

「いやね、この裏の屋根を修理していて見えたのですが、お宅の屋根瓦、一枚剝がれていますぜ」

「あら、そうですか。いつからだろう……」

「このままだと雨漏りしちまいますよ」

「困りましたね。わざわざ教えて下さって、ありがとうございます」

「何なら、あっしが直しましょうか？」

「え……」

　主人は急に疑うような目つきになった。壊れてもいない屋根を直した振りをし、高額な修理代を吹っ掛けるのではないか。そう考えていそうであった。

「別にこの程度、銭は頂きませんよ」

「本当に？」

「剝がれた瓦も屋根にありました。元あるとこに収めるだけです。すぐに終わりますからね」

「それなら……頼んでもよろしいですか？」

「任せて下さい」

　平九郎は快活に答えると、一度外に出て立てかけておいた竹梯子を取った。主人も平九郎の後をついて来ている。会ったばかりの者を信用しきっていないということか。人が好さそうに見えたが、歳を食っているだけに抜け目が無い。

「じゃあ、上がらせて頂きますよ」

「あれ……？」

　梯子に脚を掛けた時、背後から主人が疑問を持ったような声がした。平九郎は恐る恐る振り返る。

「いかがしやした？」

「いやね、えらく美しい半纏だなとね。汚れ一つありゃしない」

「丁度、おろしたばかりなんですよ」

「おろしたてって、股引も足袋もかい？」

明らかに怪しまれている。こんな時、赤也ならば上手く取り繕うに違いない。いや、そもそもこんなへまなどせず、わざと傷んだものを着て来るだろう。

「実は……」

「実は？」

主人は顔を覗きこんだ。

「かみさんと喧嘩して、一昨日から帰ってねえんです。仕事着を取りに帰るのも癪なんで、そこらで一揃い買っちまったって訳ですよ」

「ふふ……そうですか。どうりで苛立っておられると思ったんですよ」

「分かりますか？」

「長年、客商売をしているとね。何となくね」

「年の功ですねえ。じゃ、いってきます」

「はいはい。お茶でも淹れておきましょう」

主人は疑いを解いたらしく、店の中に引っ込んでいった。

——苛立っているのか？

平九郎は梯子を上る途中、己の頬をつるりと撫でた。そんなつもりは毛頭ない。しかし油断は出来ないものである。表の真っ当な稼業の者でも、あれくらい歳を重ねると人を見る目が付くらしい。赤也はそんなことはおくびにも出さなかったが、これでは騙すのも一苦労である。

屋根へ上がると、菖蒲屋の中が見下ろせるところまで腰を屈めつつ移動した。勿論、瓦が剝がれていたなどは嘘である。主人の気が変わって、どこかから見ているかもしれないと、平九郎は手を動かす振りをした。

「おいおい……どうなってやがる」

平九郎は思わず独り言ちた。

一昨日までと状況が一変している。何と土蔵を五人ほどの武士が取り囲んでいる。土蔵にもたれ掛かって竹筒の水を飲んでいる者、欠伸をしつつうろうろと歩き回っている者、竹皮に包んだ握り飯を配って回っている者もいた。これらから考えられることは、

——日がな一日見張っている……。

と、いうことである。

火事が虚報だということはばれただろう。七瀬は疑り深い者ならば、己を嵌めようと誰かが仕掛けたと考えるかもしれないと言っていた。菖蒲屋の主人、留吉がそう思ったとしてもおかしくはない。だが、それにしても些か大袈裟ではないか。

たかが小娘一人である。火事の虚報が何らかの企みであると思っても、五人も武士を付けて見張らせる理由があろうか。

——暇屋を相当に警戒しているようだな。

お春は暇屋の主人、亀之助に事の顚末を話すならば、力になってやろうと持ちかけられたと言っていた。お春を引き入れて、留吉の所業を世間に吹聴し、一気に菖蒲屋の信用を失墜させようとしている。

平九郎が聞いたところによると、暇屋は今までも相当強引なやり方で商いを広げてきたらしい。ならば今回も無理やりお春を連れ出すことも考えられる。留吉も同じように考え、偽火事でさらに警戒を強めたということか。

「あれは……」

五人だと思っていたが、六人である。土蔵の死角に入っており、見えなかった。六人目はつかつかと歩いてきて竹筒を受け取ると、一気に喉を潤している。

「木田丹左衛門……ここにいたか」

坊次郎が仲介した先こそこの菖蒲屋だったのだ。丹左衛門は竹筒を放って返すと、土蔵を背に座り込んだ。

相当にまずい状況である。丹左衛門の腕は平九郎も認めるところである。他の五人も坊次郎が仲介したとなると、それなりの「振」に違いない。過日戦った丑蔵の手下のような素人とは話が違う。

——初めから考え直す必要がありそうだ。

鍵師と共に菖蒲屋に忍び込み、錠前を開けさせて連れ出すという、いわば王道の手を考えていた。しかし六人の手練れが張り付いているとなると、鍵師の身が危うい。

仮に平九郎が六人を仕留めたとしよう。そうだとしても一瞬という訳にはいかず、その間に菖蒲屋の者が奉行所に押し込みが来たと駆け込むだろう。晦ませる方法そのものを変えねばならない。

「茶が入ったよ。もう済んだかい？」

下から主人の声が聞こえたので、止まっていた手を慌てて動かした。

「今終わったところです」

平九郎はそう言いながら竹梯子の下へ戻り、一段一段足を下ろしていった。

「ありがとう。助かったよ」

「いいえ。嵌め直しただけです」

「茶を……」

「ご主人、申し訳ない。野暮用を思い出しちまって。行かなくちゃ」

平九郎は会釈をすると、主人が止めるのも聞かず、梯子を手に走り出す。長々と顔を合わせて覚えられたくはない。また何より初めて逢った者が出した茶は呑むつもりもない。たった三年の裏稼業であるが、己を怨んでいる者は掃いて捨てるほどいるのだ。

――いつか戻れるのか。

百姓がくれた大根の土を袖で拭って齧り付く。近所のご隠居と茶を呑みながら将棋を指す。酒場で初めて出逢った者と意気投合する。人を信用する日々は遠く去った。

それでもやらねばならない。心は捨てると決めた。それなのに今、己は金にもならぬことに奔走している。人のままいることも、鬼になることも出来ぬ半端者ではないか。平九郎は自問しながら脚を回し続けた。

――初音……。

心の中で呼びかけてみたが、当然返事はない。もし傍にいてくれたなら。きっとこのような時、旦那様は優しいからなどと笑ってくれるだろう。

――俺は馬鹿だ。

もし傍にいたならば、そもそもこのような境遇にいることはない。矛盾に苦しむこともない。久方ぶりに独りに戻り、己はどうやら調子が狂っているらしい。平九郎はそのようなことを考え、拳でごんと自らの頬を小突いた。

五

翌日、平九郎は再び四三屋を訪ねた。風太の行方を知るため、そして今回の勤めに必要な人材を求めるためである。

「風太という男、見つけるのに存外苦労しました」

坊次郎はそう言うが、たった二日で見つけたのだから流石といえよう。

「どこにいる」

「本郷の飛脚問屋で働いております」

「苦労したのか？」

まともに働いている者ならば、坊次郎は一日もあれば必ず見つけてくる。時によっ

ては、

——すぐに見つかりそうだ。ちょいと近くで酒でも呑んで待っていてください。

などと言って、二刻（約四時間）ほどで見つけてきたこともあるのだ。

「堅気でてこずることはまずないのですがね。たまに今回のようなことがあるのですよ。その男、仲間内からえらく評判がいい。そのためです」

坊次郎は片目を瞑り、瞼の上を指で掻きつつ言った。

風太は飛脚問屋の主人、仲間内から頗る評判が良い。先達からは可愛がられ、後進からは慕われて頼りにされる。なかなかに有名な飛脚らしい。

この風太がある日、大怪我を負って往来に転がっていた。そこに風太を見知った者が通り掛かったらしく、主人にそのことを告げに走った。

すぐに飛脚仲間が駆け付け、風太を戸板に乗せて医者のところに運び込んだという。

「腕とあばらが折れていたようで」

「それは手酷くやられたな……」

荒くれ者が多い鳶とはいえ、そこまでするのは珍しい。それも目撃した者の証言によると、風太は五人の鳶を相手取り、大立ち回りを演じたらしいのだ。相手は多勢、取り囲まれて袋叩きに遭った。それでも風太は鳶の裾を摑んだという。

「風太の主人や仲間は、探っていた私の手の者を、乱暴を働いた鳶の一味と勘違いしたようです。匿われていたことで、手を焼いたという訳です。やはり人は徳が大切ですな」

坊次郎はそう褒めるが、言葉の中に侮りを感じた。人のことなど一切信用しない男なのだ。風太やその仲間のことを小馬鹿にしているのであろう。

「わかった。ご苦労だった」

平九郎は紙に包んだ三両を取り出すと、置いてすっと前へ押した。

「風太の居場所はここに」

坊次郎も懐から一枚の紙を取り出して、平九郎と同じようにする。畳の上で交差するような恰好になり、互いの物が入れ替わった。

「次に雇う者について相談したい」

「はいはい。鍵師の亥作で……」

「いや、鍵師はいい。代わりに……」

平九郎は声を落とした。坊次郎はほうと少し驚いた顔になる。

「どうだ？」

平九郎が訊くと、坊次郎は例の厚い帳面を取り出した。

「ふむ。用意出来ますな」

「多ければ多いほどよい」

「使い勝手のよい技ではありませんからな。ただ皆が『表』の者でございますよ」

表、つまり堅気の連中であるということだ。

「それでいい」

「裏稼業の者ならば、事が終わって万が一捕まっても決して口を割りません。が、表の者となると、そうもいきませんが、よろしいので？」

「事が済んでも、菖蒲屋は決して奉行所には駆けこめない。心配無用だ」

「それならばよいのですが……どの者に致しましょう」

坊次郎が帳面を見せてくる。

「何人いる」

「少し歳を食った者もいますが、七人ですな」

「全員雇う」

坊次郎は親指ほど太い眉を開いた。

「それは、それは。一人七両でよろしいか」

「表の者にしては吹っ掛けたな」

「足元を見ているのでございますよ」

悪びれることもなく坊次郎は言うと、卑しい笑みを浮かべた。

「いいだろう」

木箱を風呂敷に包んで持ってきている。それを解いて蓋を開けると、二十五両分の一分銀を紙でまとめた切り餅が並んでいる。それを二つ。一つの封を切って四分引き、しめて四十九両を払った。

「用意のよいことで」

「では、手配を頼む」

平九郎はそう言うと、すっくと立ちあがった。

「それにしても、そのような者を七人とは……一体何をなさるので？」

坊次郎は上目遣いで尋ねた。

「坊次郎」

「はい？」

「お主、鈍ったのではないか。訊いて答えると思ったか」

坊次郎は苦虫を噛み潰したような顔になり、ぼそりと呟いた。

「これは一本取られましたな」

六

留吉はなかなか眠りにつけず、布団の中で爪を噛んでいた。ふと不安が過り搔巻(かいまき)を撥(は)ねのけると、行燈(あんどん)から手燭に火を移して廊下に出た。

濡れ縁を回り裏へ行く。今宵は大きな月が出ている。手燭は必要ないと思い直して吹き消した。土蔵の漆喰壁は月光を浴びて、薄く山吹色に染まっている。

「これは旦那」

夜の見張りの者がこちらに気付いて声を掛けてきた。

「変わりはないかい」

「ええ。何も」

留吉は口入れ屋を通して六名の浪人を雇っている。昼は最低でも二人、夜は三人、交代で見張りを続けさせていた。

「中の声は無視しなよ」

「分かっています。意外と喋らねえもんです。死んだのかと思っちまうくらいにね」

「それならそれでいいのさ」

留吉は微妙な立場に置かれていた。

お春に乱暴をしようとしたことを、番頭に見られて咄嗟に嘘を吐いた。我ながら上手くごまかしたと思うが、どうやら妻のお芳は真相に気付いている節がある。

留吉はお芳に頭が上がらない。別に婿養子という訳ではないのだが、お芳の実家は天下の豪商である越後屋から暖簾分けされた品川の呉服屋である。そこから多額の融資を受け、菖蒲屋は今の身代になり得た。

お芳とて、留吉と別れるつもりはないだろう。お芳は三女であり、その気性が激しいことで、どこにも貰い手が無かった。それを留吉が引き受けたことで、お芳の実家もとても感謝しているし、今の菖蒲屋の身代は二人の姉の嫁ぎ先にも勝るとも劣らぬから手放そうとはしない。

――それも菖蒲屋が無事であればこそだ。

留吉はそう思っている。菖蒲屋が凋落すれば、お芳は掌を返して留吉を見捨てるだろう。そうなれば実家からの融資も途絶える。留吉は江戸十指の富商にまで菖蒲屋を育てたいと思っており、非常に困る事態なのである。

そのような時、どこから嗅ぎつけたか、畷屋の亀之助がお春に声を掛けたと聞いた。

留吉とお芳は、水面下で化かし合いをしているが、少なくとも表向きはおしどり夫婦で通っているのだ。亀之助がお春を取り込み、世間に留吉の醜聞を吹聴すれば、菖蒲屋の信用は失墜する。

奉公人を折檻しようが、世間はそれを「躾」と捉えて許す風潮がある。しかしながらこれだけはまずい。ましてや菖蒲屋の客は女が多い。女が特に忌避することは間違いない。

——いっそ、殺すか。

そう思い至ったこともある。

しかしそれもあまりにも危険が大きい。奉公人にはお春は金を盗もうとしたと言い、皆が信じたか信じていないかはともかく、そういうことになっている。何も殺すほどのことではない。

さらにお春を殺してしまえば、亀之助は嬉々として証拠を集めて奉行所に駆け込むだろう。そうなれば留吉は破滅である。

「旦那、いつまで続けるんだい？」

雇った浪人は薄ら笑いを浮かべた。金はもつのかという意味だろう。

「あと九日さ。あと九日すれば、お春を養子に貰うと言ってくれている者に引き渡せる」

留吉が言ったことは半ば真実、半ば嘘である。確かに引き取りにきてくれる者がいるが、お春がその後どうなるか留吉は知らない。

浪人は期間が延びると期待をしていたか、少し残念そうな顔で言った。

「交代の時間だ。眠らせて頂きますよ。旦那も心配してねえで、眠りなさい。頂いた金だけの仕事はする。それはもうお解りでしょう?」

「ああ、頼りにしていますよ」

三日前、火事があった。このまま焼け死ねば好都合と思い、留吉は一計を案じてお春を残した。しかし後にそれが虚報であると知った。

──亀之助の仕業か!

慌てて戻ったが土蔵に変わりはない。錠前もしっかりとかかっている。勿論、中にお春もいた。勘繰り過ぎたかとも思ったが、そこで沸々と恐怖心が沸き起こって来た。今回は違うかもしれぬが、あの亀之助のこと。何を仕出かすか解らない。そう思うと居ても立ってもいられなかった。

──もう一人では限界がある。

留吉が相談を持ち掛けたのは、「四三屋」である。菖蒲屋を大きくするため、これまでも留吉は汚いことにも手を染めて来た。その時に金で何でもする者を斡旋してもらったのが、この四三屋なのである。

主人の坊次郎は、口が滅法堅いことを知っている。そうでなくてはこのような商売は出来ないだろう。現に留吉が過去に斡旋して貰ったことは、誰にも知られてはいない。

「菖蒲屋さん。こりゃあ、殺すと足が付くかもしれないね」

今、菖蒲屋が置かれている状況を具に説明すると、主人の坊次郎は薄く笑って言った。

「そうなのさ……どうにかならないか。例えばあの、巷で噂されている『くらまし屋』とか……お春を晦ませてはくれないかね」

「それは無理さ。あれは自ら望んだ者しか晦まさない。勾引かしみたいな真似はしないのだよ」

坊次郎は顎を摩りながら視線を上にやる。

「では……何かいい案はないか。誰か紹介してくれ」

「菖蒲屋さんは、とっくにいい人と出逢っているよ」

「え……」

「金右衛門さんさ」

「あっ――」

留吉は顎が外れたように口を開け、坊次郎はにたりと笑った。

一年ほど前、坊次郎に紹介された男である。

――菖蒲屋さん、ちょいといい儲け話があるんだが、一口乗らないか？

当時の留吉は行き詰まっていた。どれほど気張っても、菖蒲屋の売り上げが思うように伸びなかったのである。旨すぎる話だとは思ったが、聞いてみて胡散臭ければ止めればいいと、軽い気持ちで受けた。

そこで紹介された男が金右衛門という男である。坊次郎も立ち会うのかと思いきや、いきなり一人きりで楢山（ならやま）という料亭で待ち合わせることになった。留吉はどんな強面（こわもて）が出てくるのかと冷や冷やしていたが、現れたのは意外にも、にこにこと微笑（ほほえ）みを絶やさない好漢である。

――仕入れの船に、うちの船を一隻混ぜてほしいのです。

金右衛門は満面の笑みで酒を勧めつつ小声で囁（ささや）いた。

なるほど。抜け荷であろう。近頃、抜け荷の取り締まりが厳しくなってきている。それをあの手この手で潜り抜ける輩がいることを聞いていた。

「申し訳ないが……」

「年に五百両出しましょう」

留吉が断ろうとすると、金右衛門は斬るようにすかさず言った。

「何と……」

「菖蒲屋の船と名乗らせてくれるだけでいいのです。万が一、お上に露見しても、菖蒲屋さんは勝手に名乗られたと言い張って貰って結構。そもそも……万に一つもございませんが」

「しかし……ですな」

確かに商売は行き詰まっている。これまでも汚い真似はしてきた。とはいえ、ごろつきを他店に行かせて因縁をつけさせるだの、悪い風評を流すだのその程度である。これほど危ない橋は渡りたくなかった。金右衛門は首をゆっくりと横に振る。

「菖蒲屋さんの身代じゃ、五百両は目が眩むほどの金じゃないかもしれない。でも、帳簿に載らぬ金というものは便利ではありませぬか？」

留吉はどきりとした。この男は己の身辺を知り抜いていると確信した。援助を受けていることもあって、お芳はことあるごとに帳簿を実家に持っていって相談している。それでがみがみと小言を零されることもあるのだ。そんな小言を無視し、己の思うままに商いをすれば、もっと上手くいくと留吉は自信があった。

「わかりました。では……よしなに。しかし本当にばれないのでしょうね？」

「はい。その代わり、菖蒲屋さんも他言は一切無用でお願いします」

金右衛門は笑顔のままであるが、目だけが蛇のように冷たく、身震いしたのをよく覚えている。

その金右衛門を頼れと坊次郎は言うのである。正直、気乗りはしなかった。だが自分の蒔いた小さな破滅の種は、ここに来て意外なほど成長し、見過ごすことも、易々と刈り取ることも出来なくなっている。しかもそれを狙っている「盗人」まで出現した今、四の五の言ってはいられない。

――よろしい。うちが引き取りましょう。

と、金右衛門は意外なほどあっさりと引き受けてくれた。他の積荷と一緒にお春を引き取り、二度と江戸に戻らぬようにするというのだ。

金右衛門は生かすとも殺すとも明言はしない。だがこれで、亀之助の手にも渡らぬし、奉公人たちにも養子の口が決まったなどと言い訳が出来る。何より後味が悪くない。留吉はすぐに了承した。

金右衛門は一つだけ条件を出した。

――次の積荷は十二日後です。それまで「もの」はそちらで管理して頂きたい。

つまりその日までお春を逃がさずに閉じ込めておけということである。どうやらその間に金右衛門としても整えねばならぬことが色々とあるらしい。

――その段になって止める。失くしたなどと寝言を仰ってはいけませんよ。これは商いです。信用が大事。そんなことがあれば、私は菖蒲屋さんを疑ってしまう。

金右衛門の得体のしれない迫力に気圧され、留吉はこくこくと頷いて了承した。

この際、十二日くらいは気にしないが、亀之助が痺れを切らして襲って来る可能性もある。金右衛門に会った翌日、口入れ屋の坊次郎に相談した。金に糸目を付けぬと言い、このような浪人を紹介して貰ったという訳である。

「さて、朝までだな」

そう小さな欠伸をして、交代に来た者。名を木田丹左衛門と謂う。何故名を記憶しているかというと、この男が、留吉が小躍りしてしまうほどの大手柄を立てたからである。

留吉の危惧したことは正しかった。昨日の夜、菖蒲屋に不審者が入った。数は三人。いずれも頬かむりをして顔を隠していた。その時の当番がこの丹左衛門であった。

丹左衛門は一人を一刀のもとに斬り、返す刀で二人目を絶命させ、向かってくる三人目の腕を落とした。最後の一人は逃したものの、凄まじい腕である。

「木田さん、必要なものがあれば仰って下さい」

留吉は媚びるように言う。

「無用だ」

この丹左衛門、留吉が特別に褒賞を出そうとしたが、

——もう金は貰っている。

と、頑として受けなかった。欲が無いとか、勤めへの矜持というより、四三屋とそのような金は受け取らないという約束を交わしているのかもしれない。

「奉行所はどうなった？」

丹左衛門の目がきらりと光った。

「ご心配は無用です。押し込みだと判断したようです。まあ、夜討ちを受けたのはまことのこと。畷屋もそれを捉えて何かを申し立てることは出来ません。しかし念には念を入れて、袖の下も渡しておきましたよ」

「この数を雇って、まだ袖の下を払うか。呉服商いというのは相当儲かるようだな」

丹左衛門は苦笑して小柄をぽんと叩いた。

「いえ、呉服だけではとても、とても……」

「ほう。何か旨い話でもあるのか？」

丹左衛門は興味を示したようで、ちらりとこちらを見る。亀之助を出し抜いたこと

を思い出し、気分が高揚していたのかもしれない。うっかり口を滑らせたことを後悔した。

——いや、待てよ。

丹左衛門を今後も雇う機会があるかもしれない。いや叶うならば留吉が直に雇うことを考えてもよい。丹左衛門ほどの達人はそうはいないのだ。必ず役に立つだろう。

「ちょっとこちらへ」

留吉は手招きをした。朝まではもう一人浪人が見張っている。その者には聞かれたくはなかった。丹左衛門が砂利を踏み鳴らし近づいて来ると、留吉はそっと囁いた。

「金が欲しくはありませんか？」

丹左衛門は土蔵の裏を見張る仲間の目が無いか確認し、短く言った。

「どんな話だ」

「話が早い。此度、私が払った金もどうせ……口入れ屋の坊次郎でしたかな？　あの男に抜かれているのでしょう？」

「まあな。だが四三屋はよい仕事を回す」

「私ならば月々で払いましょう」

「ほう……どんなことだ」

丹左衛門は少し惹かれたか、濡れ縁に腰を下ろした。留吉も膝を折って耳に口を近づける。

「私の護衛ですよ。私はそれなりに怨みも買っているもので」

「だろうな」

丹左衛門は鼻で嗤った。確かに今まで金にものを言わせて嫌がらせをし、方々の商家から怨みは買っている。だが丹左衛門を雇いたい真の理由は他にあった。

――金右衛門は信用出来ない。

と、いうことである。

笑顔は崩れぬのに、不気味に光るあの蛇蝎のような目。信用に値しない。お上に抜け荷が露見した時は、掌を返して留吉に罪を着せ、最悪の場合殺しにくるということもある。

その杞憂が現実となったとしても、この丹左衛門ほどの腕の持ち主が守ってくれるならば、これほど心強いことはなかろう。

「ふふ……今は月に幾らほど稼いでおられます」

「七、八両か。勤めの無い月もあるからな。我らのような剣客屋は、近頃流行らぬ」

丹左衛門は七、八両と言ったがそれでも話を盛っているだろう。実際のところは五両がいいところか。

「私も同じだけ。いや、十両出してもいい」

「月に十両……」

丹左衛門は驚きを隠せないでいる。仕事があろうがなかろうが決まって十両貰えるなど、夢のような話に違いない。もっとも留吉はその数倍の金を得ているのである。ただいつまでも自ら金右衛門に会うのは世間の目が憚られる。金右衛門も信のおける者ならば代役を立ててよいと言っていた。丹左衛門ならば腕も立つし、決して馬鹿ではない。十両で代役を担わせられたら安い買い物であろう。

「是非考えておいて下さい。まずはここを頼みますよ」

「分かった。枕を高くして眠られよ」

ここのところ逆風続きであったが、どうやら元の追い風に戻りつつある。亀之助が刺客を放つ前に、守りを整えられたことがその証左ではないか。

丹左衛門の反応は悪くはない。裏の稼ぎもこれで安定するに違いない。そう思うと、先ほどまで感じていた言い知れぬ不安も何処かへ消えている。すると眠気が襲ってきて欠伸を一つ漏らす。留吉は目尻に浮かんだ涙を指で拭いつつ、寝室に向けて軋む濡れ縁を歩いていく。

七

平九郎は小ぶりの菅笠を深くかぶり、飴細工の車を引きつつ歩いている。本郷にある白山権現の前に差し掛かった時、平九郎はしまったと顔を顰めた。

——今日は、縁日だったか。

どこの寺社でも月に一、二度ほど縁日があり、その時は多くの露店が挙って出る。平九郎も縁日に出向いて飴細工を売ったりもするが、今日は商いが主ではない。別に用がある。

「あっ！　おっ父、飴屋だ！」

背後から女の子の声が聞こえた。平九郎は気付かぬふりをして足を速めた。車輪は小石をまたいで揺れ、乾いた音を立てる。

とたとたと可愛らしい跫音がする。

「こらこら、おっ父を置いていくな」

男の声、やや重い跫音が続く。

胸の奥に痛みが走り、平九郎は思わず立ち止まってしまった。

「飴屋さん？」

呼ばれて、はっと振り返った。そこには二重瞼の円らな瞳を持った少女が見上げていた。

「すみません。お止めして」

商人風の男がそう言いながら追いついてきた。この子の父であるらしい。平九郎と歳はそう変わらぬだろう。目尻の皺が幸せそうな雰囲気を際立たせている。

「いえ……」

平九郎はどこか虚ろに返事を返す。

「ねえ、飴作って」

「こら、作って下さいだろう」

叱られて女の子の顔にほんの少し翳が差す。

「いや、いいんだよ。何か作ろうか？」

平九郎は慌てて屈んだ。

「うん！」

平九郎はそのままの体勢で父親を窺う。父親は頬を緩めて小さく頷いた。

「何にしよう。十二支の中から選んでおくれ」

「ええと……じゃあ、丑！」

「お嬢ちゃん。通だねえ」

平九郎はにこりと微笑み、車の上の蓋を取った。中には飴が入っており、下に仕込んだ小さな炉で温めている。平九郎は飴を千切って取ると、掌で丸めていく。

「熱くないの？」

女の子は恐々と訊いた。平九郎が答えるより早く、父親が優しく言った。

「飴屋さんは玄人の細工師だから大丈夫なのさ」

「旦那、実は熱いんですよ」

「えっ、そうなのかい？」

「はい。熱さに人はさして慣れぬようです。だから手早くなりますがね」

「そうなんだって。凄いな」

父親は感心して娘の頭を撫でる。

平九郎は丸めた飴を葦(あし)の管に刺し、形を整えていく。丑は十二支の中でも男女ともに人気が低い。こうして久しぶりに作れるとなると、平九郎も楽しいものである。

「あっ、頭――」

引っ張り出した頭に鋏(はさみ)を入れて耳を作ると、女の子は指差して父を見た。

「あっと言う間なんだね」

「熱が抜けると、硬くなってもう作れないですからね。次は尻尾、ここがちょいと難しい」

鋏の使い方が飴細工の肝である。平九郎は一切の無駄を省き、素早く手を動かす。

「はい。出来た」

平九郎が出来た飴細工を差し出すと、女の子は跳び上がらんばかりに喜んでくれた。

「お幾らですか？」

父親は財布を取りだしつつ訊いた。

「五文、頂けますか？」

「ちょいとお待ち下さいね。一、二、三、四……細かいのが無い。小粒でもいけますか？」

「四文で結構です」

「でも……」

「実は今日はもう行かなくちゃならねえんです」

ここに留まっていれば、客が客を呼ぶことを知っている。

「お言葉に甘えて」

「どうも。お嬢さん、幾つですか？」

平九郎は四文を受け取って尋ねた。

「五つ！」

父より早く女の子が答え、大人二人で顔を見合わせて微笑む。

「偉い子だ」

「お転婆で困ります」

平九郎は膝を少し折って、女の子に向けて言った。

「縁日は人が多い。おっ父と離れちゃいけないよ」

「うん。分かった！」

「よし。じゃあ、行くな」

背を伸ばして蓋を閉じる。父親に会釈をすると再び車を引いて歩み始めた。胸の痛みは今も消えなかった。もし己があの日早く帰宅すれば、今もあの親子のように連れ立って縁日に繰り出していたかもしれない。

涙はとっくに乾いた。それでも時折押し寄せてくるこの寂寥(せきりょう)はいかんともし難かった。

「待っていろ。必ず見つけ出す」

平九郎はぽつりと言った。路傍に拳ほどの石が落ちている。普段なら車を寄せて避けるところであるが、そのまま真っすぐに、石を乗り越えて突き進んだ。

目的の飛脚問屋の前に辿り着くと、飴細工の車を路傍に寄せて中へ入った。

「すみません」

「はいよ！」

荷を支度している飛脚が威勢よく返した。

「風太さんはいますか？」

暫し間が空いて、飛脚は眉を顰めつつ言った。

「そんな男はうちにはいませんぜ」

「いや、確かにここのはずなのです。事情は察しているつもり……昔馴染みの平八が来た。そうお伝え下されば分かります。田安稲荷でよく一緒に遊んだと」

「少し待っていて下せえ」

飛脚は奥へ引っ込んでいった。あのような目に遭わされたのだ。坊次郎が言っていたように、未だ警戒を解いていないということだろう。

ほんの煙草を一服するほどの間待っていると、奥からひょこりと男が顔を出した。まさしく風太である。左手を布で吊り、目の周りには痛々しい青痣がある。

「旦那……」

平九郎は何も答えずにゆっくりと頭を下げた。

車は飛脚問屋の土間に入れて預かって貰うことになり、二人は外に出た。

一町ほど無言で連れ立ち、ようやく風太が口を開く。

「驚きましたよ」

「すまんな」

「ああ……俺は殺されるんだなってね」

「その割には素直に出て来たじゃねえか」

平九郎は横を向く。風太は恐れなど微塵も感じていない清々しい顔である。

「本当ならとっくに死んでいるんだ。毎日、生きているだけで感謝していますよ」

「そうか……訊きたいことがあって来た」

「田安稲荷の件ですね」

「ああ」

「教えたことが掟破りだっていうなら、ひと思いに殺って下さい」

「そのつもりはない」

平九郎の菅笠には「飴」と「五文」の文字が書かれている。飴売りと飛脚。ありそうでない取り合わせだからか、行き交う人の中には振り返る者もいる。平九郎は菅笠を外して手に携えた。

「でも、よかったよ。とっさに旦那のことを思いついて。お春も今頃は……」

「お春はまだ菖蒲屋に捕らわれている」

「なっ――何で！」

風太が声を大にしたものだから、近くの者たちが一斉に振り返った。

「落ち着け。状況を説明する」

平九郎は小声で囁く。

お春が捕まるであろうことは風太も解り切っていたから別に驚かない。風太は鳶たちに袋叩きに遭い、仲間に担ぎ込まれる時、

――田安稲荷へ寄ってくれ……。

と、呻きながら言ったらしい。仲間は一刻も早く医者にと勧めたが、風太はこれを頑として譲らなかった。そして玉を咥えた石造りの狐の足元に、掘り返した跡があるのを見届けたというのだ。こうなれば「くらまし屋」が三日も経たずして現れ、すぐに連れ出してくれる。そう思っていたらしい。

「お前、何故俺が受けると思った。お春が金を持っていないことくらい解るだろう？」

「お春の依頼なら……旦那なら受けてくれるだろうって」

「俺はそんなに甘くはない……と、言いたいところだが、まさしくお前の言う通り受けてしまったな」

「旦那ならお春に田安稲荷を教えたのが俺だって気付くはず。金が必要だったら、俺に言ってくるだろうってね。今日来た訳もそれだろう?」

風太は無傷の右手を懐(ふところ)に差し入れ、財布を取って手渡してきた。

「持ち合わせは一両二分。両替屋に七両ある。足りねえだろうから、うちの主人に前借りを頼んでみる」

「金はいい。別件だ。それより、何で会ったばかりのお春にそこまでする」

「俺が旦那に依頼した時、洗いざらい話しただろう?」

愚問だといわんばかりに風太は頰を緩めた。

八

今でこそ風太と名乗っているようだが、元来の名は伊介と謂(い)う。三年前まで江戸近郊を荒らしに荒らしていた「鬼灯(ほおずき)組」と呼ばれる盗賊一味があった。風太はそこに属し、「土竜」の異名で呼ばれた盗賊であった。

風太はこの鬼灯組を抜けるべく、まだ裏稼業を始めて間もない平九郎に依頼を持ち込んだ。

「盗みをやっている奴らに言うのも変だが、初めは皆気のいい奴らだったのさ」

風太はどこか懐かしそうな顔で言った。

「当時は千羽一家、鰔党、鬼灯組……江戸三大盗賊だなんて呼ばれていました」

三大だの、四天王だの、五傑だの、江戸の民はそのようにすぐに数えたがる。それは盗賊さえも例外ではなかった。

「義の千羽、恐の鰔、幻の鬼灯……だったか」

「ああ。千羽は民に金を配る義賊として、鰔は皆殺しにすることで恐れられた。そして鬼灯は盗まれたことすら気付かない手際が評判を呼んだ」

風太の表情は徐々に暗いものになっていく。

「でもね、寛保二年（一七四二年）に千羽一家が出雲屋って呉服屋を襲ったのです。今までの奴らの手口とは全く違って、酷いもんで、一家、奉公人を悉く殺すものだったんです」

「ふむ……」

平九郎が江戸に来る随分前のことである。

「それでも鬼灯組は変わらずに、慎重な盗みを続けていました。一仕事に半年も掛けることもある。それが割に合わねえって誰かが言ったのが始まりです」

風太は下唇を噛みしめる。一等手際のよかった鬼灯組であったが、他の盗賊一味がさして準備も整えずに、それ以上の成果を挙げていることに焦りや嫉妬を持ち始めた。そして徐々に荒っぽいやり方に変わっていったらしい。それでも千羽一家や、鯱党のように一家を皆殺しにするようなことまではせず、せいぜい縛り上げる程度であった。

「確か、四谷の……」

平九郎も当時、風太が語ったことを喚起されてきた。

「ええ。大旅籠の『志度屋』です」

当時、志度屋は江戸有数の旅籠であり、その収容人数もさることながら、料理や調度品も豪勢で、金持ちが好んで泊まる宿として知られていた。

この志度屋の繁忙期、多くの金持ちが宿泊している日に、鬼灯組は押し込みをかけたのである。志度屋の家族、奉公人に飽き足らず、泊まっていた客も縛り上げるつもりだった。

「でもね、計画が杜撰過ぎたのです。泊まり客が思った以上に多く、逃げ出そうとする者が続出した……そこからは地獄絵図ですよ」

風太の目尻には涙が浮かんでいる。

誰かが客を斬った。血が辺りに飛散した時、その赤い魔物は盗む側、盗まれる側双方の正気を奪った。気が狂れたように喚く客を、また誰かが押し倒して腹を刺す。逃げ惑う者の脚を薙ぐ。

後から風太が踏み込んだ時、志度屋の中は阿鼻叫喚の様となっていた。

――この騒ぎなら、すぐに火盗改が来る！　逃げるぞ！

風太は仲間にそう呼びかけたが、一度回り始めた狂気の歯車は、止まることなく回転する。風太だけがそれに取り残されたようになっていた。その時、風太がとった行動は、己でも意外なものであった。

――逃げろ！

奉公人や客を誘導し、逃がし始めたのだ。

風太は罵声と奇声が飛び交い、白刃が舞い踊る中、一人また一人と手を引いて外へ逃がす。中には勾引かされると思ったか、風太の腕に噛みついて激しく抵抗した者もいた。

「今も消えやしない」

風太は吊った左手の布と袖を捲り、肌を見せた。そこにはくっきりと歯型の黒い痣が残っている。

　仲間の中には、風太が奉行所の密偵になったと勘違いした者もおり、刃を振りかざし襲って来た。風太は鬼の形相と化した仲間を蹴り飛ばし、まだ二階に隠れている客がいるのではと、階段に脚を掛けた。

　その時、風太は運命を大きく変える光景を見た。階段を上がった先で、まだ七、八歳くらいの女の子が泣き喚いている。その足元には母と思しき女が、血を流して横たわっていた。池のようになった血が流れ、階段から滴り落ちるのを風太ははきと見た。

　その女の子に仲間が、いやかつての仲間が刃を引っ提げて迫っていくのである。

　——止めろー！

　風太は悲痛な声を上げて階段を駆け上がった。流れ落ちる血に足を取られ、風太は突っ伏す。そして顔を上げた時、風太は全身から力が抜けていくのを感じた。同時に魂も剝がれ落ちた。当時の風太がそう言っていたことを、平九郎は覚えている。

「お袋が死んだのはその十日後さ。罰が当たったんだろうね」

　風太は天を見上げて糸のような細い息を吐いた。

　風太は佐渡の産である。父は風太が子どもの頃に死んだらしい。代々受け継いできた仕事があったが、それがめっきり振るわぬようになり、母に金を送るべく江戸に出稼ぎに来たのである。

しかし働き口が無く食い詰めていた時に、持っている「技」を見込まれて鬼灯組に誘われたのである。

佐渡の母は風太が盗賊に身を落としていたことを知らなかった。繁盛している商家に拾われ、可愛がられているという嘘を、生涯信じ続けていたのである。

「それで抜けようとしたのだったな」

「ええ。あんなやり方なら、俺の技はもう必要ねえ……でも許されなかった。奉行所の狗と疑われていたからな」

狗とは即ち密偵のことである。志度屋で風太がとった行動を、多くの者が訝しんでいたのだ。

「そんな時、『くらまし屋』の噂を聞き、藁にも縋る思いで、田安稲荷の狐の下に文を埋めたってことだよ」

「俺がこの稼業を始めた頃だ」

「旦那は俺を晦ませるだけでなく……奴らを止めてくれた」

「まだ村との伝手が無かっただけだ」

晦ませた者が安寧に暮らせるよう、平九郎は人が流出し、手の足りない各地の農村と密約を交わしている。労働力を与える代わりに、村人たちはその者を村の一員として匿うというものである。

だがその当時はそのような仕組みはまだ出来ていなかった。故に追う者全てを排除したに過ぎない。

「お春ってお袋の名と同じなのさ。だからお春に出逢った時、お袋が巡り合わせてくれたと思った。救えなかったあの日の罪滅ぼしをしろってね」

「そうか……よく解った」

平九郎が言うと、風太は暫し間を空けて唐突に言った。

「旦那は泣いていたよ。涙は見せねえが、やっぱり泣いていた」

「そんなこと……」

「旦那は優しさを消してねえ。心の中に仕舞っているだけさ。だからお春のこともどうにかしてくれると思ったのさ」

「その甘さのせいで、面倒なことになっている」

この間、ずっと思い悩んでいたことが思わず口から零れ出た。風太は往来を見渡し、一層声を落とした。

「くらまし屋は、殺し屋じゃねえ。人を生き直させる者さ。優しさの欠片(かけら)を失っちゃ、勤まらねえと思いますがね」

風太はそう言うと白い歯を見せた。これが元盗賊などとは誰も思わぬであろう。確かに風太は新たな人生を歩んでいる。過去を忘れたわけでなく、その全てを背負って歩み始めているのだ。

「助かった」

「お……では御代をまけて下さいよ。この足で両替屋へ行きましょう」

一度否定したにもかかわらず、風太はまだお春を晦ませる代金を取り立てに来たと思っている。

「金はいい。手を貸してくれ」

「手を貸せったって……こんなですぜ？」

風太は吊った手を上下に揺らす。

「娘一人に対し、菖蒲屋はかなり厳しく守りを固めている。腕の立つ剣客もいる」

「なら俺なんて猶更、役に立たねえんじゃ……」

「この依頼の発端がお前だったことで、思いついたことがある。菖蒲屋の斜向かいの家を十日借り上げた」

平九郎が言うと、風太の顔がぴりりと引き締まる。

「距離は？」

「九間（約一六・二メートル）ほどだろう」

「どんな具合だい？」

「最初こそ速かったが、二日目から捗らん」

「そこから難しくなるんでさ。使っているのは玄人だろうね？」

「ああ。だがお前ほどの腕ではないらしく苦戦している」

「人数は？」

「七人」

「二人一組で二刻動き、日に二巡……ぎりぎりだな」

互いに間を空けず会話を勧めていたが、そこで風太は右手を顎に添えて思案する。

「どうだ……？」

「やりましょう」

風太は力強く応じた。新しい人生を生きている今、もう少し迷いを見せるものと思った。真に生き直すため、最後にやり残したことに向かう。平九郎にはそのように思えて仕方がなかった。

飴屋と飛脚は踵を返す。往来の人々がその瞬間を見たとしても、何か忘れ物をしたようにしか思えないだろう。

忘れ物を取りに行くという点ではあながち間違いではない。平九郎は真っすぐ前を見据え、意図していつもよりも大きく一歩を踏み出した。

九

「面倒なことや」

亀之助は舌打ちをして揺れる蠟燭の火をじっと見つめていた。江戸に来てからというもの、上方訛り（なま）を抑えていたが、客の前でなければ元通りの話し方になってしまう。

「これは大丸（だいまる）と越後屋の枝葉の争いや」

菖蒲屋は越後屋と縁があり、畷屋は大丸の傘下にある呉服屋である。上方から出てきて、わざわざ菖蒲屋の近くに店を構えたのも、

――菖蒲屋の客を奪い、叩き潰す。

ことが目的である。

当初、亀之助は同程度の品を安く売れば、簡単に客は流れてくると踏んでいた。菖蒲屋は一年も経たずに赤字を抱えるだろう。ほくそ笑んでいたのだが、意外にも事はそう上手く運ばなかった。

菖蒲屋は地元の客と強く結びついている。こちらが幾ら安いと喧伝しても、

——安かろう、悪かろう。

と、思われて客は見向きもしなかった。商品が悪ければ仕方ないのだが、実際には粗悪品などではない。むしろ菖蒲屋よりも良い品であるくらいなのだ。

「客なんて所詮は品の善し悪しは解らんちゅうことや」

亀之助は先ほどより大きく舌を鳴らした。

客は品物ではなく、安心を買うのだ。この地では菖蒲屋のほうが信用に勝る。正面から戦っても勝ち目は薄い。店を出して二月ほどで亀之助はそれを悟った。

「しかし……どうしても勝たなあかん」

武士たちが刀や弓を持って行う戦乱は、江戸に幕府が開かれたことで幕を閉じた。しかしそれは同時に、商人の戦乱の幕が上がったということでもある。

数多くの店が立ち上がり、群雄割拠の様相を呈することになった。それは時代が下るにつれ、幾つかの大店の傘下に入っていくことになる。戦国の世において豪族や国人(こくじん)が、武田(たけだ)や上杉(うえすぎ)、毛利(もうり)や島津(しまづ)といった大勢力に呑み込まれていったのに酷似している。

畷屋は大坂で興り、亀之助で二代目の比較的若い店である。先代の頃は呉服だけを扱っていた小さな店であったが、亀之助が継いでからというもの、材木、菜種油、米

相場でも成功を収め、薬種問屋を四軒呑み込んだ。

飛ぶ鳥を落とす勢いだった畷屋は、遂に京への進出を決めた。

京には大丸という大勢力がある。正式には大文字屋というが、大の字を丸く囲った屋号紋を使ったことからそのように呼ばれるようになった大店である。

大丸の大旦那は下村彦右衛門正甫と謂い、亀之助と同じ二代目であった。ただ二代目になってから急速に勢力を伸ばした畷屋に対し、大丸は初代が爆発的なまでに店を大きくした。二代目はただそれを受け継いだ凡庸な男である。亀之助はそう思っていた。

亀之助は大丸を打ち負かし、一躍天下の争いに名乗りを上げようとしたのである。

――凡庸などではない。

亀之助が気付いた時にはすでに遅かった。牙城を崩すどころか、気が付けば母屋が奪われている事態になっていたのだ。傘下の薬種問屋は全て大丸に鞍替えし、大坂に五つ、伊勢に二つあった支店のうち、四つまでが大丸に乗っ取られていた。

亀之助は身代を失うことを覚悟した。そんな時、亀之助の前に、二代目彦右衛門がふらりと現れたのである。

――畷屋さん、ここらで手打ちにしよう。畷屋の看板も残す。支店も全て返す。力を貸して下さいな。

彦右衛門は笑みを浮かべながらそう言った。

こうして畷屋は大丸の傘下に入ることになったのである。約束通り畷屋の看板は守られ、支店も全て返って来た。もともと畷屋が傘下に収めていた薬種問屋だけが、大丸の直轄となるだけに止まった。

亀之助が驚いたのは、大丸の傘下に入っているのは何も畷屋だけではなかったということである。中には知っていた店もあったが、表向きには独立しているように見えた店も、実は大丸に援助を受けているということもあった。

少しでも多く売り上げれば、発言力も増す。一度は天下の覇を狙った亀之助だが、今度は大丸内部での出世争いに奔走するはめになった。

天下の大丸に対抗出来る大店はそう多くはない。越後屋、白木屋くらいのものだろう。菖蒲屋は越後屋の流れを汲む商家である。これを倒せば亀之助の手柄となる。

「今、力を伸ばす必要がある」

亀之助は拳を強く握りしめた。

心から大丸に心服した訳ではなかった。

昨年の宝暦二年（一七五二年）、亀之助を下した二代目彦右衛門が四十歳で病没した。

継いだのはその嫡子で僅か十歳の三代目彦右衛門兼保であった。

流石に十歳では大丸ほどの大店を動かすことは出来ず、今は大番頭たちが切り盛りしている。この間に亀之助は暖屋の勢力を伸ばし、あわよくば大丸そのものを、

——乗っ取る。

つもりでいるのである。

菖蒲屋を潰せば江戸での足掛かりとなる。今は大丸の支援を受けつつ、越後屋、白木屋と争い、着々と力を蓄えねばならない。そのために菖蒲屋は何としても潰さなければならないのだ。

何とか菖蒲屋の信用を失墜させられないかと考えていた時、亀之助は耳よりな話を聞いた。

——旦那は餓鬼の奉公人を手籠めにしようとしたのさ。あの人はとんだ悪党さ。

普段から不満が溜まっていたのだろう。菖蒲屋の番頭が酔いにまかせ口走ったのを聞いた者がいたのだ。

——これは使えるぞ。

亀之助は心を躍らせて、留吉が手籠めにしかけたお春という娘に接触を試みた。もっと慎重にすべきであったと今では後悔している。ようやく弱みを摑めると油断して

いたのだろう。それはすぐさま留吉に露見し、お春は一切外に出て来なくなった。畷屋の江戸店は大赤字を出している。大丸からは、あと一月で結果を出さねば支援を取りやめると通達が来ている。

焦った亀之助は、高輪の禄兵衛という香具師の元締めを訪ねた。禄兵衛は丸々と太った貫禄のある男で、右腕と頼む陣吾と相談しろと言ってくれた。

亀之助は陣吾に、金を払ってあぶれ者を都合して貰い、押し込みに見せかけてお春を奪うという計画を立てたのである。

「留吉め……案外、勘が鋭いわ」

亀之助は思い出すのも忌々しくなって、自身の膝を叩いた。

菖蒲屋はいち早く、警備を厳重にしていたのである。あぶれ者では全く歯が立たず、皆が斬られるという結果に終わった。さらに菖蒲屋は押し込みがあったと堂々と奉行所に告げる始末である。亀之助は余計に動きづらくなった。

「それで今一度、陣吾さんを頼り、おたくを紹介してもろた……と、いうわけです」

亀之助は独り言を零していた訳ではない。

蠟燭の灯りの向こう。半ばを影に潜めたままの眼前の男に、これまでの経緯を説明したのだ。男は話している途中、無駄な相槌は一切打たなかった。亀之助は人形に話しかけているのではないかと錯覚したほどである。

「仔細は解った」

「お受け頂けますでしょうか？　菖蒲屋を守っている者の正体も解りかねる状況ですが……」

「四三屋が斡旋した浪人だろう。見覚えがある」

「ほう、もう下見に行ってくれはったんですか……それは心強い」

菖蒲屋から人を一人奪って欲しいという旨は、陣吾を通して先に伝えてあった。

「受けるか否かを決めるためにな」

「それで……どないですやろ？」

亀之助は上目遣いに尋ねる。

「一つ、訊いておきたいことがある」

男の顔の上部は闇の中にある。その中に目だけがきらりと光ったような気がして、亀之助は唾を呑んだ。

「何ですやろ」

「この依頼、お春という娘を奪うことが目的か。それとも菖蒲屋の悪の顔を世間に知らしめることが目的か。どちらだ？」

「それは……お言葉ですが、同じことやないですか？」

「違うさ」

男の表情に初めて動きがあった。口元に嘲笑の色が浮かんだのである。亀之助は内心むっとしたが、それを表に出す訳にもいかない。今はこの男に縋るほか道は残されていないのだ。

「私は阿呆なもんで……教えて頂けますかな？」

「この手の勤めというものは、取り掛かった後にも刻一刻と状況が変化する」

「はい。それは解ります」

商売とて同じである。予定が狂って、大きく舵を切らねばならぬ時がある。今の暇屋の状況こそまさしくそれに当たるだろう。

「菖蒲屋を潰すのが目的であれば、勤めの中でもっとよい方法が生じた時にはそちらを使う。だがあくまで娘を奪えというならば……」

「なるほど……私としては、あくまで菖蒲屋が潰れるんが最も望ましいことです。そのためにお春を取り込み、留吉の所業を世間に知らしめるがええと思うたまで」

「解った」

男は即答したが、亀之助はやや不安になった。上手いことを言っておいて、お春を連れだせなかった時の言い訳にしようと考えているのではないかと疑ったのである。

「菖蒲屋を崩す種がほかにあると?」

「それはどうかな。ただ……」

男はそこで一度言葉を切ると、にゅっと手を伸ばした。息を呑む亀之助をよそに、男は蠟燭の火に手を翳す。

「あっ……」

火を掌で受け、ゆるりと回している。火に触れても一瞬ならば熱を感じないことは知っている。だが男の手の速度は人が痛みを感じる際の際というほど遅い。

「どんな者でも、炙れば煤を吐くものだ」

言うや否や、男はすらりと立ちあがる。それは影が立ったと思うほど静かで、闇が裂けたと思うほど速かった。男は部屋を後にする。

一人残された亀之助は暫し茫然としていた。あれほどの存在感を放っていたにもかかわらず、去ってしまえば夢のようであり、己はもしや独り言を零していたのではないかとさえ思える。蠟燭の火は今も変わらず、一所に定まらず揺れている。

第四章　土竜（もぐら）

一

前回の襲撃から八日が経ったが、未だ何の動きもない。

――どうやら亀之助（かめのすけ）は諦（あきら）めたようだ。

留吉（とめきち）は不敵に笑った。そうとしか思えないのである。

あれ以降、ほんの些細なことすら起きていない。見張りの浪人たちも退屈してきたようで、土蔵の前に将棋盤を引っ張り出し、指しては一喜一憂している。

そのような中、木田丹左衛門（きだたんざえもん）だけは誰かと不必要に話すことなく、土蔵にもたれ掛かって、徳利の酒をちびりちびりと呑（の）んでいる。

一昨日に雨が降った。流石（さすが）に土蔵の前に立たせる訳にもいかず、留吉は濡れ縁から見張るように言った。大半の者は素直に従ったが、やはり木田丹左衛門だけは頑として聞かず、晴れの日と全く同じ姿勢を取った。

「こんな日こそ危ないのよ」

丹左衛門は濡れ鼠のようになりながら、たまに徳利に口を当てる。頬を伝う雨と酒、どちらを呑んでいるのか分からないほどで、これには他の浪人たちも流石に気味悪がっていた。

留吉の安心材料はこれだけではない。最高の錠前が手に入ったのである。巷に溢れている錠前とは物が違う。あの「結斎」作の特注品である。

名を河瀬結斎と謂う。近江国の出で、江戸に出てきてからその錠前の頑強さが認められ、あちこちの大店から注文を受けた。結斎の錠前はいかなる道具を用いても断裂出来ぬほど鉄が厚く硬い。それだけならば他の錠前職人も真似出来ようが、その真骨頂は鍵穴である。

――世に破られぬ錠前はない。

これは結斎が客に錠前を売る時に必ず言うことである。これだけを聞けば不安になるが、結斎の真意は他にある。決して破られぬ錠前を作ろうとしても、腕のよい鍵師が時間を掛ければ必ず開くというのが、長年錠前を作ってきた結論であるという。そこで結斎は発想を転換させた。

――破られまいと作るからすぐに破られる。時を削る、心を削ることを考えて作るのです。

つまり破れない錠前でなく、破りにくい錠前を作ることである。どんなに集中しても三刻（約六時間）は掛かる。これを課題として錠前を制作した。盗人が三刻もの間、悠長に鍵を開けることは出来るはずがない。深夜に忍び込んでも夜が明けてしまう。故に昨今では盗人もこの「結斎」の刻印がされた錠前を見るだけで諦め、尻尾を巻いて逃げ出してしまうほどであった。

これほど厳重に備えていれば亀之助も諦めざるを得ないだろう。

暖屋はというと、客足はさらに遠のき、連日にわたって閑古鳥が鳴いている。酷い日はたった一人の客すら来ない日もある。あと二日も耐えれば、お春は金右衛門が引き取り、亀之助はもう手も足も出ない。暖屋の様子だと、あと一月も経たずに撤退を決めるに違いない。

大丸傘下の急先鋒という暖屋が、近くに店を出すと聞いた時は正直なところ焦った。客はがっちりと摑んでいるという自信はある。それでも不安にならぬはずがない。お春という不運に見舞われて一時はどうなることかとも思った。そのために使わぬでもよい金も浪費した。それでも己は、

――勝った。

のである。留吉は早くも甘美な感情に酔い始めていた。

あと二日。あと二日すれば、金右衛門がお春をどこか知らぬ場所へ連れて行ってくれる。受け渡しの場所は木場(きば)、時刻は亥(い)の刻である。

そこまでお春を連れて行く時が最も危ない。だがそれも抜かりはない。亥の刻などという夜に歩けば、亀之助も最後の機会と襲撃しやすかろう。だが留吉は真っ昼間から木場に向かい、夜になるまで近くで待つつもりでいる。白昼堂々と襲うなど、なかなか出来るものではない、

——ましてやこちらには木田丹左衛門がいる。

留吉は剣のことに詳しくはないが、これほどの腕の者はなかなかいないだろう。他の浪人たちもこの丹左衛門には一目置いている。

留吉は布団の中でそこまで考えると、安堵(あんど)したからか眠気に誘われた。搔巻(かいまき)を股に挟み、心地よい体勢を作る。

留吉は遠のく意識の中、布団を押されたような感覚を覚えた。夢か。最初はそう思った。そうでないならば、これが噂(うわさ)に聞く金縛りというやつかもしれない。

押す力はさらに強くなり、留吉は唸(うな)りながら目を開いた。その時、心の臓が飛び出るほど戦慄(せんりつ)した。見覚えのない男が跨(また)っている。

「くせ――」

男の手が口を押さえつける。気付かなかったが首に冷たい感触が走る。すでに刃を首に当てられている。

「声を出せば殺す」

助けを呼ぼうとした刹那(せつな)、男は低く宣言した。恐怖の度が過ぎると、躰(からだ)は震えることも忘れるらしい。留吉はこくこくと頷(うなず)いて見せた。

「土蔵の鍵を出せ」

――しまった！

亀之助が放った刺客である。土蔵だけが不寝(ねず)の番を置いており、奉公人が起きている訳ではない。とはいえ当然ながら戸締りもしており、家の最も奥にある留吉の部屋まで来るのは容易ではないはずである。

「鍵を出せ」

男の声はやはり低い。半分安堵している自分がいる。こんな時なのに、いやこんな時だからこそか、妙に頭が冴え渡った。

男は土蔵からお春を奪い、行きがけの駄賃に己を殺しに来た訳ではない。男は何らかの方法で土蔵に錠前があることを知っている。あるいは結斎作の錠前ということも知っているかもしれない。これはどうにもならぬと脅して鍵を奪いに来たのだ。

「手を離す。大声を出せば命は無いと思え」

留吉はこれにも素直に頷いた。今は言う通りにするしかない。

「誰だ……」

「誰でもいい。鍵はどこだ」

ここまでするならば、お春を奪うなどと回りくどいことをせずに殺せばよさそうなものと、世間の者は考えるだろう。だが同じ商人、しかも同じく大勢力の傘下にいる留吉には、亀之助の思考がよく解った。

――商人は信用なのだ。

留吉が死ねば、真っ先に疑われるのは亀之助である。今、己の動きを膝で制している者、これは恐らく裏稼業の者である。殺したところで足は付かない。しかし亀之助が疑われるという事実だけはいかんともし難い。庶民の巷説に上ってしまえば、それは瞬く間に広がり、信用を蝕んでいく。商いの争いは邪魔者を殺せばいいという訳ではない。いかに己の信用を高めるか、いかに相手の信用を落とすか。商戦とは詰まるところこれなのだ。

しかも殺しなどという裏技を使えば、信用を失くすのは客だけではない。

——大丸が許しはせぬ。

武士に武士道があるならば、商人にも商人の道がある。畷屋が刃を用いるとなれば、それはいつ何時、親に当たる大丸に向くかもしれぬと考える。そうなれば大丸は畷屋を二度と信じることはなく、時を見て除こうとするに違いない。留吉は咄嗟(とっさ)にそこまでを悟った。

——時を稼ぎ、何とか木田たちに……。

留吉がそう考えた時、男は微かに嗤(わら)った。

「おいおい。指を一本ずつ落とそうか」

背が冷たくなる。冬場の土間に寝転がったかのように。

この男、こちらの心を読んでいるのか。留吉の顎(あご)が小刻みに震えた。

「そこの桐簞笥(だんす)の奥に……」

「よし、取れ」

寝間着の襟(えり)を摑まれ、引き起こされる。そこで気付いたが、男の手に握られているのは刀ではなく、長さ六寸（約一八センチ）強の刺刀(さすが)のようなものであった。腰に刀は差してはいない。つまりこの刺刀だけが唯一の得物である。

——これはいける。

留吉は口元が緩むのをぐっと耐えた。今晩の見張りは二人いる。丹左衛門が当番でないことが悔やまれるが、それでも、このようなちっぽけな得物で勝てるはずがない。

「取れ」

男に言われるまま、桐簞笥の一番上の引き出しを開けた。この奥に箱があり、錠前の鍵はその中にある。

「これです……」

留吉は箱を開け、鍵を手渡した。鍵には赤子の拳なら通るほどの金輪が付いている。男はその輪に指を差し込むと、目の前に掲げてまじまじと見た。

「偽物ではないようだな」

「何故、そのような……」

「結斎の作る錠前……鍵には紋様のように『魚』の一字が彫られている」

男はよく知っている。魚というものは目を開けて眠ることから、昔から見張りに最も適した生き物だなどと語られていたらしく、呪い(まじない)として魚形の錠前を作る錠前師も多い。結斎の場合もそれにあやかっているのだろう。鍵のほうに家紋のように意匠を凝らした「魚」の字が彫られている。

――危なかった。

実は二段目の引き出しに同じような箱があり、そこには偽の鍵が入っている。こうして脅された時を想定して用意していたものであった。だがこの男、なかなかに鋭い。偽物を摑まされたと気付き、激昂されても困る。そう思って最初から本物を差し出すことにした。

そう思い直したのも、男が刺刀のようなものしか持っていないことが理由である。この後、男は斬られて死ぬ運命にあるのだ。

二

「さて、行こうか」

「は……」

「共に……な」

血の気が一気に引き、雲の上に立っているような気分になった。素直に鍵を渡せば解放されると思い込んでいた。単身乗り込んできて、しかも刺刀しか持たないのだ。人質に取って土蔵を開けさせようとするのは、至極当然なことであろう。

「はい……解りました」

もう従うしかない。だが留吉はすぐに考え直した。

男が留吉の首に刺刀を当てたまま、見張りの者に鍵を開けさせるとしよう。男はお春を連れて逃走を図る。

——そんなことが出来るはずがない。

のである。右手には刺刀、左手で留吉を摑まえていれば、どうしてお春を連れ出せるというのだ。刺刀を捨てる訳にはいかないため、己を解放せざるを得ない。そして空いた左手でお春を摑み、逃げに転じるということになろう。

その時を見計らって、見張りに襲わせればよい。いや、己が命じるまでもなく、腕が立つ浪人たちならばその隙を狙うに相違ない。

お春にも危険が及ぶだろう。証言を得るためにお春を守らねばならないのはこの男のほうであり、こちらとしては巻き込まれて死んでくれたほうが都合がよいのだ。むしろ浪人たちがそこを汲み取って斬殺してくれればこの上ない。

そして世間には、押し込みがあり、下手人はお春を人質に逃げようとした。店の警護の者と斬り合いに発展し、運悪くその最中でお春が命を落とした。そう説明すれば、同情こそ買えど、非難はされないだろう。

そのようなことを考えている留吉は、裏の土蔵に向けて濡れ縁を歩かせられている。背後にはぴったりと男が張り付き、その吐息まではきと聞こえた。

「留吉」

男が唐突に呼んだ。名を知っている。亀之助の手先でなくとも、押し込む先の主人の名くらいは下調べをしていよう。

「はい……」

「よからぬことを考えているな」

男の吐息が耳に掛かり、留吉の心の臓の鼓動が速くなる。

「いえ……そのような」

濡れ縁の角を折れる。部屋から土蔵までの距離の半分ほどを進んだことになる。どこかで野犬が鳴く声が聞こえる。今宵は満月、気が高ぶっているのだろう。その遠吠えが耳障りであった。

「大人しくしておれば、命は取らぬ。考えぬことだ」

「はい……」

心配はない。そう己に言い聞かせて落ち着こうとする。暦(こよみ)では弥生(やよい)(三月)に入ったというのに、裸足で歩く濡れ縁は冷たい。雨が降った一昨日以降、春が遠のいたような気がする。そのような関係のないことを考えて気を紛(まぎ)らわせた。

「何か企てているのか」

「滅相もない……」

ようやく落ち着き始めたというのに、それを見計らったかのように男は不安を煽(あお)ってくる。いや不安を抱いているのは男のほうではないか。だからこそこのように何度もかまをかけ、こちらの反応を確かめているのだ。

この直線を折れれば土蔵が見える。そうなれば見張りがいることにも気付くだろう。気掛かりがあるとすれば、そこで男が動揺して己を傷つけないか。その一点だけであった。

――ならば……。

留吉は腹を括(くく)った。

「実は……土蔵には見張りがいるのです」

賭けではある。だが狼狽(ろうばい)されて斬り付けられることはこれで防げる。男が冷静な判断を下し、己を人質に土蔵を開けさせるという方針を立ててくれることを信じた。

「知っている」

さして驚かなかった。つまり事前にある程度の下調べを済ませてきているということになる。加えて男が冷静さを保っていることに安堵した。これならば己の描いた絵図通りに事は運ぶだろう。

間もなく角を折れるという時、留吉は胸騒ぎがして足が鈍った。何かおかしい。何か見逃していることがある気がする。気のせいであろうと言い聞かせるほど、その言い知れぬ不安は大きくなっていく。

「どうした」

通り越さず、耳の側で止まる。そのように感じるほど男の声は近い。

「いえ……」

「脚が止まっているぞ」

手を動かしたのか、鍵が金輪に擦れて甲高い音を立てる。その音に留吉はびくんと肩を動かした。

――鍵……錠前……。

男は錠前が掛かっていることを知っていた。留吉はきっとどこかから盗み見たのだろうと思っていた。だがおかしい。男は鍵を念入りに調べた上で、結斎のものだと断じたのである。

動悸が激しくなり、留吉は口を開いて息をする。

――何故、錠前が結斎のものだと知っているのだ！

結斎作の錠前だということは奉公人の誰にも話してはいない。見破る方法はあるにはある。錠前の裏に『水』の一字が紋様として描かれている。これは火事よけの呪いの意味もあるし、魚が水に帰ることでようやく開錠するという意味もあるらしい。

奉公人たちは商いのこと以外は無知な部類である。結斎その人さえ知らないだろう。いよいよ奉公人の線は無い。

では雇った浪人たちが外に漏らしたのか。いや、それも無い。雇うにあたり、留吉はこの者たちは信用できるのかと坊次郎に尋ねた。すると坊次郎は唇をぺろりと舌で舐め、

――裏には裏の信義というものがある。仕事で裏切った者の末路は、それはもう悲惨ですよ。

と、言っていた。あの言葉からは真に迫るものを感じた。

では、どうして……最後の濡れ縁の角を折れる瞬間、留吉の頭にあることが過った。閃いた時、足から全ての力が抜け、留吉は膝からくずおれた。

「立て」

男の声が項に当たる。

一度土蔵に行って、錠前の裏をゆるりと見られる状況。それはたった一つしかない。留吉は濡れ縁に諸手をついたまま、恐る恐る顔を上げた。

「ひっ――」

土蔵の前に黒い影が二つある。一つは丸くなっており、一つは平べったく地に伸びていた。月明かりに照らされてその二つの影の周りが濡れていることに気が付く。黒い。いや、目を凝らせば赤いことが解る。

「し、死んでいる……」

一人は自らの腹を抱きかかえるかのように蹲(うずくま)って、もう一人は大の字に寝そべり絶命している。

「立て。三度目は無い」

男の声が耳朶に届き、留吉はからくり人形が引き上げられるように、ふらふらと立ち上がった。

状況から見るに、男は土蔵に行き、見張りの浪人二人を斬殺した。そして錠前を開けるか、断ち切ろうとしたのだろう。だがそれが結斎の錠前だと知り、留吉を脅して鍵を出させたということになる。驚くべきことはあれほどの手練れを、音も立てずに仕留めたということである。

「さて、行こう」

「何故……私を連れて行く」

人質にする必要がないならば、鍵だけ取り上げればいいはずではないか。男はそれには答えなかった。無駄口は一切叩かないつもりらしい。

――なるほど、そういうことか。

留吉は冷静さを取り戻しつつあった。己の人質としての価値はまだ無くなってはいない。土蔵に最も近い大部屋に、木田丹左衛門を始めとする浪人を住まわしている。残る四人は事態に気付かず眠りこけている。だからこそ先ほども、起こさぬように無用に話そうとしなかったのだろう。

――起きろ、役立たずめ！

濡れ縁から裸足で降り立った時、留吉は心の中で罵った。蹲った浪人の屍の脇を行く。着物の背中に穴が空いており、そこを中心に濡れている。刀が貫通して絶命したようである。

血の染みた土を踏まぬように避け、もう一人の屍を横目で見た。こちらは喉が掻っ切られており、首は全て赤く染まっている。

――助けを呼ばなければ……。

留吉は懸命に頭を巡らせた。起こせばよい。倒さなくとも、丹左衛門を含む四人で取り囲めば、最後は留吉は解放される。

――しめた。

交代の者たちが眠る部屋の障子が半ば開いている。物音を立てれば目を覚ますのではないか。留吉は必要以上に強く地を踏み鳴らして土蔵に近づく。しかしそれほど大きな音は立たない。今日ほど庭に砂利を敷き詰めておけばよかったと思う日もない。

「鍵を……お開けしましょうか？」

大きすぎては訝しまれる、小さすぎては目を覚まさぬ、丁度良い声を探りつつ留吉は尋ねた。

「無用だ」

男の声も低い。やはり起こさぬように配慮しているのだ。浪人たちの部屋は水を打ったように静まっている。留吉は顔では薄ら笑いを浮かべ、腹は煮えくり返っていた。四三屋の坊次郎への怒りである。一流の仕事をする者を選りすぐっただと。このような事態に高鼾を掻いて眠りこけているではないか。

かくなる上は残された道は二つしかない。

一つはこのまま大人しくお春を渡すということ。もっともその後、男が己を殺さぬ保証はない。

もう一つは男が鍵を開けている隙に、身を翻して逃げながら叫び、丹左衛門らを起こすということである。どちらにせよ命が危ういならば、後者に賭ける。商人といえども数多くの修羅場を潜ってきた。それくらいはしてのける胆力はあるつもりである。

男が鍵を手に錠前に近づく。今しかない。留吉は一、二歩後ずさりした。

「やめておけ」

今日は何度血が冷えればよいのか。留吉は息も出来ぬほど緊張していた。

「死にたくはなかろう」

「はい……」

何とか必死に絞り出す。

「よく考えてみよ」

男は振り返りもせず、刺刀を宙でひらひらと舞わせた。

「あっ、――あぁ……ああ……」

今度はもう駄目だった。留吉は尻もちをつき、顎を小刻みに震わせた。

男は刺刀しか持っていない。大の字になった屍は首を斬られていた。これは符合する。では蹲っていた者はどうだ。胸を突かれて背まで貫通して絶命しているのだ。

――刺刀では貫けない……。

刀は無い。奪ったのか。いや、屍となった二人の腰には大小がきっちりと収まっていた。

先ほどは立てたがもう駄目だった。腰が抜けたまま這い、無我夢中で木田丹左衛門らが眠る部屋に近づく。薄雲が夜風に流され、月光が半ば開いた障子の奥へと差し込んだ。

片膝を立てた男が見えた。留吉はがちがちと奥歯を鳴らしながら視線を上げていく。

「た……ん……」

己でももう何を言っているのか解らない。着物の色を覚えている。間違いなく木田丹左衛門である。ただ首から先が無い。刀を半ばまで抜いたところで、屈んだまま斬り落とされていた。

「皆、死んでいる」

男は言った。留吉は何も返せず、地に這いつくばっていた。

「刀は返しておいた」

男はまず浪人たちの部屋に侵入し、四人を相手取って戦った。その時に刀を奪い、抜こうとした丹左衛門を仕留めた。それも声一つ出させずに。

物音に気付いた見張りの者。恐らく男の手には刺刀と刀の二振り。刺刀で首を裂き、一人を貫いた。少なくとも留吉は目を覚まさなかったし、奉公人たちも誰も起きてこない。夜の静けさをそう邪魔するものではなかったはずである。

「お前は殺さぬ。生きて恥を掻いて貰わねばならん。世は死人をいたぶるのを嫌うからな」

人は死んだ者の悪口を言うことを嫌う。それはその者を弔う気持ちがあるからではなく、己に罰が当たりそうだからであろう。これまでと打って変わり、男は饒舌であった。

「連れて来た訳は……お前をここに入れるためだ」

「あ……」

結斎の錠前は開け方にも一工夫いるためか、男はようやく鍵を開け、錠前を放り投げた。留吉はそれをただ見るだけで、身動きも取れない。

三

男は土蔵の中を覗くと、その姿勢のまま動きを止めた。しかもかなりの間である。

「留吉、お前は何を閉じこめていた」

「何って……」

男の言う意味が皆目解らなかった。お春に決まっている。

「誰もおらん」

「そんな……馬鹿な！」

皮肉なものである。意外過ぎる男の一言で全身に力が戻った。それが真実ならば、いよいよ己は殺されるかもしれない。死を厭う本能が躰を突き動かしたのだろう。留吉は転がるように土蔵まで行き、中を覗き込んだ。

「嘘だ……いつの間に。いつの間に！　どうして消えた！」

土蔵の中には誰もいない。朝と夜に食事だけは自らの手で運んできている。夕刻にここに来た時には確かにお春の姿はあった。飯を食った後の椀などもそのまま残っている。

「人が消えるなど有り得ない……これは夢か。なるほど」

留吉にはそうとしか思えなかった。土蔵の施錠は完璧。鍵は己しか持っていない。土蔵の上部には小窓はあるものの、上まで行くことも出来なければ、お春といえども通れるほど大きくない。絶対に脱出など出来るはずがないのだ。

そもそもこの男が現実的ではない。六人の見張りを次々に、それもあの木田丹左衛門さえ抜く間も与えず殺すなど、とても人間業とは思えない。

となると、これは全て夢と考えれば辻褄が合う。留吉はへらへらと笑いながら、夢だったのかと何度も繰り返した。

「残念だが……夢ではない」

　残された椀や箸を丹念に調べていた男は、そう言うとゆらりと立ち上がった。どこかで留吉も解っていた。だが夢と思うことで苦痛から逃れようと必死だったのである。

　項垂れる留吉をよそに、男は何を思ったか土蔵に置かれている木箱、葛籠などを足蹴にしてどかしていく。

「なるほど、中に隠れているかもしれないと」

　留吉も手や足で木箱を押す。大半が呉服であるため、大人一人の力でも動く程度の重さしかない。中に隠れていれば必ず気付くのである。

　こうなれば不思議なもので、留吉は男に積極的に協力した。言うなれば奪われるためにお春を捜しているのだ。自らの命を守るための阿りと言える。

「中に隠れているものか」

「では……どこに」

「あるはずだ。それ以外に考えられぬ」

　男は一つ、また一つと木箱を押し、どけていく。

「あった」

かなり奥の木箱を除けた時、男は言った。嫌な予感がする。今日は何度も予測を裏切られ、血生臭い光景を目の当たりにしてきた。お春の屍ではないか。苦悩した末の自死、それならばこの状況の全てに説明が付く。

留吉は恐る恐る近づく。そこにあったのは想像すらしていないものであった。

「これは……穴？」

「隧道（ずいどう）よ」

直径六尺（約一八〇センチ）ほど、大人一人がやっと通れるほどの穴が地面に空いている。ただでさえ暗い土蔵。いくら目が慣れてきたとはいえ、穴の奥は真暗で皆目見えない。

「お春がこれを……」

「馬鹿な。相当、手の込んだ代物だ」

鼻を鳴らした。本当に呆（あき）れているようで、初めてこの男から人間臭さが香った。

「俺以外にもお春を狙う者がいたということだ。お主、方々から怨（うら）みを買っているようだな」

男は亀之助と言わず、敢えて俺と言った。いくら明白であろうとも依頼主の名は決して出さぬということか。

「しかしそんな……」

確かに怨みを買っている覚えは幾らでもある。だがその中でお春を欲している者は、亀之助を除いて一人も思いつかなかった。

「まあよい。さて」

男が改まった口調になったので、留吉は後ずさりする。お春がいないならば、男は前言を翻して己を殺す。そう思ったのである。

しかし意に反して、男は穴の中に片足を入れるではないか。

「なにを……」

「追うのよ」

「えっ――」

男はあくまでもお春を手に入れるつもりである。男が両脚を入れて穴に腰掛けるような恰好になったところで、留吉の脳裏に新たな不安が過った。

「まずい……まずいぞ」

男は一瞥するのみで、今にも降りていきそうである。留吉はそれを遮るように言い放った。

「亀之助に幾らで雇われたので⁉」

「はて……」

「私は亀之助の倍、いや三倍出します。お春を連れ戻しては頂けないでしょうか」

もう必死である。お春が奪われることは菖蒲屋の存亡に係わるだけではない。

――金右衛門に何と言い訳すればよい……。

お春を明後日に引き渡す段取りになっている。止めた、失くしたは通用しないと釘を刺されているのだ。金右衛門は尋常ではない。眼前の穴に入ろうとしているこの男ともまた違う、強烈な悪の臭いを感じていた。

「連れ戻す？」

男は首を捻る。

「はい。何卒、お願い致します」

敵の雇った者を取り込む。これが留吉の打てる最後の策である。

「殺すではなくか。どうせ頼むなら消して欲しいと思うはずだが。どういう訳だ」

普通ならば引っ掛からないだろうことにも、敏感に喰いつく。この男は人外の腕を持つだけでなく、相当に賢しい。

「それは……」

「言わぬならばよい。とてもそれでは受ける気になれぬわ」

男は手を地に突っ張るようにして、穴に腰のあたりまで入れた。もう語るしかない。己の命運はすでに雪玉のように転がり、どこへ行きつくか解らない。ただその場にしがみつくしかもう方法はないのだ。

「お待ちを！　実は……明後日、お春をある者に引き渡すことになっているのです」

「ほう」

ぐっと両腕に力を入れて穴から身を引き抜くと、男はそのまま地に胡坐（あぐら）を掻く。

「それで」

男は興味を示している。留吉の経験上、これは何とか落とせると見た。

「その者がなかなかの悪者で、お春を引き渡せぬとなると、何をしでかすか解らぬのです」

薄暗い中でも口に嘲（あざけ）りが浮かぶのが解る。お前も悪者だろうと言いたいのだろう。だがそんなことは構わない。

留吉は一度決めたからには徹底的に媚びるつもりである。

「なるほど。よく解った」

「では、私に雇われて下さいますか⁉」

「そもそもそのような『悪者』とどうして知り合った」

留吉はもう迷わなかった。この男に賭けるほかない。全てのことを洗いざらい吐いた。

「抜け荷とは、お前もなかなかやる」

男は全てを聞き終えると、不敵に笑った。

「わかった。報酬は三倍の百五十両貰おう」

「百……五十両……わかりました」

流石に痛いが背に腹は代えられず了承する。

「あともう一つ。また危機に陥れば、お主は俺を裏切るかもしれぬ。証(あかし)を貰おうか」

「証？」

「そうよな……一筆貰おうか」

男は腰帯に括りつけた筒に手を伸ばす。腰の刀の有無を確認した時から、なにやらぶら下げているとは思っていた。矢立である。男は筆を取り出し、懐(ふところ)から小さく畳んだ紙を取り出して広げた。

「ご用意のよいことで……」

半ば皮肉である。刀を現地で調達し、筆と紙は持参する。

「こちらのほうが概して役立つのよ」

「何を書けと？」

「抜け荷に菖蒲屋の名を貸していると認めよ。つまり一味であるとな。その金右衛門とかいう男とつるんでいることもしかと書け。それを俺が質草とする」

「しかしそれでは……」

それを亀之助に渡され、菖蒲屋の信用失墜に使われるのではないかという懸念がある。

「考えてみよ。俺は三倍の金を得られるのだ。お主に潰(つぶ)れられてはそれも取れぬ」

「なるほど」

確かにそれはそうである。この難局を乗り切った後、男にさらに強請(ゆす)られる可能性もあるが、それは心配ないだろう。奉行所は歴とした身分のある亀之助が駆け込むならまだしも、どこの馬の骨とも解らないこの男を信用しない。

「解りました」

留吉は言われるがまま紙に筆を走らせる。

「指を貸せ」

書き終えると、男は言って刺刀を取り出し、留吉の指に軽く押し付けた。親指の腹に沸々と血の珠が湧いて来る。血判を捺させる念の入りようである。

「これで……よろしいか？」

「よし。妙なことになったが、これも縁と思おう。後は任せておけ」

「お願い致します！」

「うむ。明後日までには戻る」

男は縁に手を掛けて穴に飛び込む。ぶら下がった恰好である。その手を片手ずつ壁へ移し、突っ張った恰好で降りるつもりのようだ。深さが解らないのだから当然であろう。

「あ……貴方様の名は？」

留吉は訊き忘れたと焦って問うた。

再び鼻で嗤う音が聞こえる。襲撃者を貴方様と呼ぶことに愚かしさを覚えたのは留吉も同じである。

姿はもう見えない。穴の中からぼそりと声だけが浮かび上がった。

留吉は暫し茫然としていた。衝撃の連続に心はすっかり疲弊している。指にようやく痛みが走り、血を流していることを思い出した。指を咥えて血を舐った。錆鉄のような生臭い香りが鼻孔に広がってゆく。

四

穴からひょっこり顔を出した風太(ふうた)の頬は土で真っ黒になっている。平九郎(へいくろう)は手を差し出し、風太に右手で摑ませると一気に外まで引き上げた。よく右手一本で穴を掘れるものだと感心している。

「上に三尺(約九〇センチ)。あとはちょいと突くだけで土が落ちる。任せたぜ」

風太は白い歯を見せた。

「よくやってくれた。土竜(もぐら)の腕は鈍ってねえな」

盗賊時代の風太が「土竜」の異名で呼ばれていたのは、この技能があるからである。穴を掘る。それだけ聞けば単純で、誰にでも出来ると思いがちであるが、決してそうではない。今回、平九郎が計画したのはまず縦穴を掘り、そこから菖蒲屋の土蔵に向かって横穴を一直線に進める。そして最後に地上に向けて縦穴を掘り、土蔵に出るというものである。

まず縦穴を掘るところまでは、大きな岩にでも当たらぬ限り誰でも出来るだろう。だがそこからが問題で、横穴を掘って行けば崩落して生き埋めになる可能性もある。また入口から遠くなればなるほど息苦しさも増していき、酷い時には昏倒してそのまま死ぬこともある。またこれも奥に進めば進むほど、蠟燭の火が小さくなり、灯りを得ることも出来ない。

難しい点はほかにもある。地上と違い地中を進むのだから、微妙に曲がっていても気付かない。その僅かなずれが次第に大きくなり、上に出られたとしても思いもよらぬところに出てしまうこともあるのだ。

これらのことを全て踏まえねばならず、穴を掘るということには高度な知識と豊かな経験が必要なのである。そこで平九郎が四三屋に出した注文は、

――鉱山で働いていた者が欲しい。

と、いうものであった。

各地で飢饉が起き、荒れ切った田畑を捨て、職を求めて江戸に流れてくる百姓は後を絶たない。これと同じことが鉱山でも起きていた。金や銀が採れず、閉じる山が相次いでいるのである。

甲斐などは黒川金山、湯之奥金山と大きな金山が百年ほど前に閉じて以降、減少の一途を辿っている。

かつては湯水の如く金が採れた佐渡金山でも、比較的浅いところのものは全て採り尽くし、さらに深いところへ掘り進めている。

「それこそが俺が辞めた訳さ」

かつて風太はそのように語っていた。

坑道を深く掘り進むと、地下から大量の水が湧き出てくる。坑道が高い位置にあれば自然に流れ出るが、そうでない場合には人の手で汲み出さねばならない。

そこで水替(みずかえ)人足と呼ばれる者が多く雇われることになる。この費えが馬鹿にならない。かなりの重労働であるため、高い俸給で募らねば集まらないのである。そして水が増えるほどに掘る時間よりも、汲み出す時間が多くなる。そのような経緯から、実際に掘る「掘衆」と呼ばれる者が多く馘(くび)になった。風太はそのような流れから、早々に見切りをつけて江戸に出て来たという訳である。

「あちこちで見つかっていると噂は耳にするんですがね」

風太はそのようなことも言っていた。

厳密にいうとむしろ新たな鉱山は増えつつあるらしい。しかしそれらは藩の財政悪化に伴って、文字通り一山当てようと鉱山開発に力を入れる大名が多いからである。当然ながら当たるより、外れた大名の数の方が数倍多く、ただでさえ火の車だった台所に、油を注ぐような結果になっている。しかし僅かながら当てた大名により鉱山は増えつつあるのだ。

それならば掘衆の働き口はありそうなものだが、事はそう単純ではない。莫大な資金をつぎ込んで見つけた鉱山を幕府に取られないようにと、どの大名も厳しい箝口（かんこう）令を布いている。故に領内の者だけで掘り進め、外からは一切人を入れないのである。

そのような次第だから、四三屋はすぐに鉱山で働いていた者を手配してくれた。それでもこの手の小さな隧道は初めてだったようで、半間進むごとに崩落したり、掘っている途中に息が苦しいと訴え、寝込んで暫し使い物にならぬ者が続出し、平九郎は己の読みの甘さを悔いた。そんな時に思い出したのが、風太こと伊介がこの隧道を作る名人だったことである。

穴は外から見つからぬようにと、借り上げた家屋の床板を外して掘っていた。風太は念入りに穴を見て、

「こりゃ駄目ですぜ」

と、苦笑しつつ断定した。

まずこのままだと間に合わないと言う。崩落対策として木枠を嵌（は）めて補強し始めていたが、その分掘り進む速さはかなり鈍っていたのだ。

「大きめの桶を買って来て下さい。底を抜いて何ヶ所かに使うのです」

「そんなに上手く嵌まるものか？」

平九郎が聞き返すと、風太は首を振った。

「桶に合わせて掘るんですよ」

当然だがそれならぴったりと嵌まる。有り物の枠に穴を合わせることは考えつかなかった。

「中で息が詰まるのは、風通しが悪いからです。風入れの穴がいる」

つまり縦穴をどこかにもう一箇所作るということである。だがこの家から菖蒲屋の土蔵まで、あるのは道だけである。穴を掘れば必ず怪しまれるだろう。これにも風太は解決策を持っていた。

「立札を立てるのですよ。立小便するべからずってね」

まず道に杭を穿つ。人通りが絶えればそれをどんどん長い杭に替えて打ち込んでいく。そして横穴まで貫通したところで、節を抜いた長い竹を用いた立札を立てる。竹の先端が横穴に飛び出れば、風通しの穴が出来るという寸法である。

風太が勝負に出たのは一昨日のことであった。ぽつりぽつりと降り出した雨は、やがて沛然たる豪雨となった。

「雨が染みる……こうなれば掘りやすくなる反面、崩れやすい。一気に行きます」

雇った者たちを指揮し、時には自身が中に入って掘り進める方向を確認した。土が柔らかくなったことで、どんどん穴は掘り進められる。

崩落への対策は意外なものであった。桶を使った補強は勿論のこと、手鎌を用意して穴の壁面の凹凸を掻いていく。こうすることで土が均されて崩れにくくなるのだという。

そして翌々日の今日、ようやくあと少しのところまで来たという訳である。

「上は土蔵だろうな？」

「あっしがやったんです。間違いありやせんぜ」

風太の顔には自信が満ち溢れている。平九郎が雇った他の者たちも、風太の腕には舌を巻き、最後には尊敬の眼差しで見るようになっていた。その者たちもすでに四三屋に帰してある。大凡、菖蒲屋を狙っていることは解っていただろうが、何を奪おうとしているかまでは知らない。普通ならば金品だと考えるだろう。

「分かった」

平九郎は小ぶりの鋤を摑んで竹梯子に足を掛けた。これぱかりは人に任せられない。土蔵の中にもお春以外の者がいないとも限らない。この場合、気付かれぬうちに動きを封じねばならず、その危険は己をおいて冒せない。

深さは二丈（約六メートル）ほど、それほど深くはない。これ以上深く掘ると礫が出て掘りにくいことくらいは平九郎も知っていた。

穴の直径は六尺、底は五尺。こうして緩やかでも傾斜を付けることで強度は段違いである。これは風太が来て真っ先に指摘したことだった。

「これを、もう消えないはずです」

風太は手を伸ばして燭台を渡してきた。蠟燭にはすでに火が灯っている。穴の中で火が自然に消える現象を、昔の人は妖(あやかし)の仕業だなどと言っていたらしい。だが佐渡金山では早くから、理屈こそ解らないものの、どうやら外気が取り込まれないと消えると解っていたらしい。すでに風通しの穴は空けているため、そう容易くは消えないと風太は説明していた。

「では、行ってくる」

横穴の高さ三尺、大人が這ってやっと進めるほどである。そこを平九郎は四つん這いになり、片手に燭台を、片手に鋤を持って進む。僅かな勾配(こうばい)が付けてある。このことで壁から染み出した雨水は全て入口側に流れるようになっている。風太が念を入れてそうしたものだが、案外馬鹿にならない。あちらこちらから湧き出した雨水は僅か半刻ほどで下に溜まってくる。それをまめに汲み上げねばならない。つまり隧道の中は湿っており、着物が泥に触れてにちゃにちゃと嫌らしい音を立てる。

奥に突き当たると一間（約一・八メートル）ほどの縦空間がある。勾配が付いたことで入口側より狭い。あとは一突きで崩れるということで、平九郎は燭台を横穴に隠し、鋤を上に掲げた。

——さあ、鬼も蛇も出てくれるなよ。

平九郎は念じて鋤で突く。それと同時にぼろぼろと顔に土が崩れ落ちる。平九郎は唇に乗った土を払うと、もう一突き繰り出す。手ごたえが無い。穴が貫通したのである。穴の外も暗く、土を受けたこともあり気付かなかった。風太の言ったことが見事に的中した。

あとはここが本当に土蔵の中かということ。鋤でそろりと穴を大きくすれば、すぐにその答えは出た。今日は木々が騒めくほど風が強かったが、その様子は感じない。風切り音も遠い。

平九郎は鋤を立てかけてそれに足を掛け、一気に穴から這い出た。燭台は持ってこない。人がいればすぐに異変に気付かれるからである。穴を通ってきた間に、目も随分と闇に慣れている。

——運がよかったようだ。

あちこちに箱や葛籠が乱雑に置かれている。その下に穴が通じれば、一つくらいならば押しのけられるが、重なっていれば突き崩すのに時を要する。丁度、何もないところに出られたのはついている。

平九郎は身を屈めながら様子を窺った。何者かが中にいる気配はない。平九郎はゆっくり立ち上がり、歩を進める。そしてすぐに目的の者は見つかった。

ささくれ立って古ぼけた畳一枚を宛てがわれ、その上に丸くなって眠っている。筵(むしろ)も少し離れていても気付くほど黴(かび)臭い。これほど過酷な環境なのに良い夢でも見ているのだろうか。穏やかな寝顔で、起こすのが申し訳なくなるほどであった。

驚いて声を発しては困ると、平九郎はそっと手を口に近づける。柔らかな寝息が掌(てのひら)をくすぐった。そして揺り起こすと同時に口を覆った。

「お春、くらまし屋だ。迎えに来た」

お春は目を半開きにしてこちらを認めると、はっとした表情になる。

「声を出すな。逃げるぞ。解ったら頷け」

言うとすぐにお春は頷いてみせた。疲れが限界まできていたのだろう。暮れ始めた陽(ひ)の光だけの薄暗い土蔵だが、お春の右目に目脂(めやに)が付いているのが解った。

「動くなよ」

平九郎はそれをそっと拭(ぬぐ)うと、口を押さえていた手を除けた。

「くらまし屋さん？」

お春は蓮の花が爆ぜるような小声で囁く。

「ああ」

「もっと怖い人かと思った。熊のような……」

「熊か。実際はどうだ？」

「優しそう」

「よかった。行くぞ」

平九郎はお春の手を取って引き起こすと、そろりと歩み始める。外にはあの木田丹左衛門がいるかもしれない。丹左衛門なら大人と子どもの気配の違いに気付きかねない。

「穴……」

「ああ、そうだ。先に降ろす」

手を握ったまま屈み、穴の中にぶら下げる。そして合図をして落とし、お春は見事に着地した。

「少し待っていろ」

穴を隠して露見した時に、少しでも時を稼ぎたかった。慎重に箱を動かして穴の半分を隠す。残る隙間から身を滑り込ませ、下から箱を押し上げるように少しずつ動かす。これで完全に穴は見えなくなったはずである。

「はい」

振り返るとお春が燭台を手にしていた。

「よし。俺の裾(すそ)を摑め。行くぞ」

燭台を受け取ると、横穴を先導した。這わねばならぬ平九郎と異なり、お春は屈めば通れるほどであった。半ばまで来た時、平九郎は言った。

「もうすぐだ」

「うん」

「伊……風太が待っている」

「え！」

やはり思わず声を上げてしまうだろう。土蔵の中で言わなくて正解だった。勾配を下り、入口の縦穴に来たところで、平九郎は先に梯子を上った。

「どうでした……？」

心配する風太に向け、平九郎は顎をしゃくった。

「風太さん！」

「お春……」

風太は折れていないほうの手を伸ばす。お春はその手を掴まない。素早く梯子を駆け上がると、風太の腰に思い切り抱きついた。

「ありがとう……助けてくれて」

これで本当の意味で生まれ変わった風太は濡れた目を拭った。

「俺の方が……ありがとうだ」

平九郎は暫しそれを微笑ましく見ていたが、あまりゆっくりもしていられない。いつ何時、お春が消えたことが露見するかもしれないのだ。

「お春、ここにいては危ねえ。急いで武州多摩へ行く」

「連れてってくれるの？」

「ああ、任せておけ。そこまでが俺の勤めだ」

風太はそっとお春を離し、噛んで含めるように言った。

「俺はここまでだ。この旦那に付いていけば間違いない」

「風太さんは？　風太さんも一緒に……」

風太はお春の肩に手を添えて首を横に振った。

「俺は足手まといになる。それに……」

風太は少し迷ったように口を噤んだが、意を決したかのように言い切った。

「俺には俺の暮らしってやつがあるんだ。これ以上は何もしてやれねえ」

「え……」

「だからお春、お前も新しい暮らしを取り戻せ」

風太の心の内は痛いほど解った。姿を晦ましたとて、飛脚として新たな人生を生きたとて、風太はずっと罪を背負って生きている。お春を助けることに協力したからといって、全ての罪が消える訳ではない。お春には真っ当な暮らしを生きて欲しい。そこに己のような元盗賊が関わってはいけない。そんな想いであろう。

「風太さん……」

「もう行け」

風太はそっとお春を突き放した。お春は涙をぽろぽろ零しながら頷く。

「旦那、頼みます」

風太は真っすぐな目で見つめてきた。平九郎は頷くとお春の手を取った。

借家を裏口から出て風太は見送ってくれた。お春は何度も振り返り、その度に風太は手を上げる。まだ暮れ始めとはいえ、やがて風太の顔も見えなくなりその陰影だけとなる。向こうからもそう見えているだろう。それでもお春が振り返ると、じっと見つめているのかやはり手を上げた。

この世には星の数ほど人がいるという。巡り合うのは奇跡のようなものだが、この出逢いを振り返れば、必然のようなものがあるのかもしれない。平九郎はそう思うと、ふっと心が軽くなったような気がした。

お春はまた名残惜しそうに振り返るが、もう影を捉えることすら出来ず、手を上げたかどうかも解らない。それでも颪太はやはり手を上げてくれている。平九郎にはそう思えて仕方なかった。

第五章　春が来た

一

平九郎とお春はそのまま甲州街道を目指した。一度どこかで眠って態勢を立て直すのが常道だが、

――どうも嫌な予感がする。

と、妙な胸騒ぎを感じたのである。ただでさえ疲弊しているお春を、これ以上歩かせる訳にはいかず、平九郎はおぶってやった。

「いいか、お春。道中だけは父上と呼べ」

「おっ父じゃなくて？」

「父上だ」

平九郎は浪人の風体である。仮にも武士の親子を装うならば、そう呼ばせねばならない。浪人生活をしていたが、甲斐の遠縁に呼ばれ帰農することになった。もう夕刻

だが、宿に泊まる金も持たないのでこうして歩いている。そういう筋書きだと説明した。

「覚えたか？」

「うん」

「じゃあ、言ってみろ」

「甲斐の遠い親戚に呼んでもらって、田畑を耕せることになった。でもお金がないから泊まれなくて、出来るだけ早く行こうと歩いている」

「お……」

「駄目？」

「いや、驚いた」

どうやらこのお春、なかなかに賢しいらしい。

――留吉が警戒したのもそれが理由かもしれんな。

そのようなことを考えながら平九郎は歩を進める。日本橋から高井戸宿までは約四里（約一六キロ）。日の傾き方から察するに今は申の刻（午後四時）といったところか。

お春を背負っているとはいえ酉の下刻（午後七時）までには辿り着くだろう。

「眠ったか……」

耳に寝息が掛かる。時折、訳の分からない声も発していた。緊張から解放され、一気に疲れが出たのだろう。

「よし」

平九郎は手に力を入れてお春を背の上に揺すり上げると、さらに強く地を踏み締めて歩いた。

一刻ほど歩いて旧内藤新宿(ないとうしんじゅく)に差し掛かった。連なる建物は月明かりに照らされ、道の半分近くまで淡い影を伸ばしている。野犬が一匹物悲しそうにうろつくだけで、行き交う人は誰一人としていない。

宿場としては廃止されてはいるが、旅籠(はたご)が潰(つぶ)れた訳ではなく、利用者もいることからその町は今も変わらず残っている。夜も更けており当然ながらどこの店も閉まっている。僅(わず)かに旅籠の二階で行燈(あんどん)を使っている部屋があるのみである。

――尾(つ)けられている。

この旧宿場町に入った時から気配は感じていた。後ろから追われたというより、ここで待ち伏せされていたということか。

「お春」

平九郎はお春を揺すって起こそうとした。

「ん……ごめんなさい。寝ていた」

「いい。それよりよく聞け。大きな声を出すなよ」

「うん」

「後を尾けられている」

「えっ」

お春が懸命に声を堪えているのが解った。

「気配が漏れているから、大した腕じゃあない」

「くらまし屋さんは強いの……？」

お春の声が僅かに震えていた。ようやく逃れたのに、ここでまた危険に晒されたのだから無理もない。

「ああ、強い」

お春を安心させるためそう言った。かつて己のことをそのように言ったことは無い。

「よかった」

お春の声が少し明るくなる。

「前もか」

町並みが切れるところに影が一つ立ち塞がっている。陰影から察するに女である。

「女の人……だよ？」

子どもは夜目が利くのか、お春にも見えているらしい。

「女でも化物みてえに強い奴もいる」

嘘ではない。裏の稼業には、手練れの男をものともしない女が沢山いるのを知っている。

「お春、降ろすぞ」

「うん……」

平九郎は地にお春を降ろすと、ゆっくりと刀の柄に手を移した。

「俺から離れるな」

立ち塞がっていた女もこちらに向けて歩き出す。女の武器で一番多いのが銑鋧。いわゆる手裏剣というやつである。夜には闇に紛れるためかなり厄介な代物であった。

後ろを尾けてきた男は今のところ得物を手にしていない。こちらも飛び道具ならかなりまずい。一人なら切り抜ける自信もあるが、お春を守り抜かねばならないのだ。

「お春、目を瞑って耳を塞げ」

「え……」

「早くしろ」

お春は言われた通りに目を閉じ、両の掌で耳を塞いだ。

——殺す。

平九郎は決めると脇差を抜いた。先手を打って一人を仕留める。これしか方法はない。血や悲鳴をお春に触れさせたくはなかった。

「げ！　待ってくれ！」

「な……」

男が両手をひらひらと動かして言った。平九郎は脇差をすでに振りかぶっており、月光が抜き身を照らしていた。

「平さん」

「七瀬……か？」

何と前から歩いてきた女の正体は七瀬である。

「ということは……」

「俺さ。死ぬかと思ったぜ」

赤也であった。胸に手を当てて安堵の溜息をついていた。

「あんた、平さんって分かったなら、何で声かけないのよ」

七瀬は夜でも分かるほど顔を赤くして怒っている。

「いや、恰好よく参上しようと思ってよ」

「ほんと馬鹿じゃないの。平さんが私に投げていたらどうするつもりだったのよ」

「悪い」

赤也は大して悪びれる様子もなく片手で拝む。

「どういうことだ……」

何で二人がここにいるのか、平九郎は事態が呑み込めていない。

「話せばちょいと長くなる」

赤也は周囲を窺いつつ言った。

「あんたが説明下手だからでしょ。私から話す。平さん、高井戸まで行くつもりでしょ？」

「ああ……」

「歩きながら話す。急いだほうがいい」

「分かった」

そこで気付いたのだが、お春は言いつけを従順に守り、ぎゅっと目を瞑り、耳も手が震えるほど強く塞いでいる。

「ふっ――」

その生真面目さが可笑しかったか、赤也が噴き出す。

「笑っちゃ悪いで……ふふ……可愛らしいこと」

咎める七瀬もつられて笑ってしまっていた。

「お春」

平九郎が肩をぽんぽんと叩くと、お春ははっとして目を開いた。そして赤也、七瀬を交互に見て口を開いている。今から戦うといっていた相手と共にいるのだから訳が解らないだろう。

「くらまし屋さん、仲直りしたの？」

敵と和解したのかという意味だろうが、今の平九郎と二人の関係には的を射ているので返答に困った。

「今からするところさ」

赤也はお春に向けて片笑んだ。七瀬も文句も言わず眉を開くのみである。

二

再びお春を背負い、赤也、七瀬と共に高井戸宿を目指した。

月はもう随分西に傾いており、甲州街道を行く四人の背を柔らかく照らしている。

この分だと今日は最後まで提灯も必要ない。田園が両側に広がり、路傍にはちらほら淡い紫の花を付けた都忘れの花も咲いている。そのような真っすぐの道を、先導するかのように三つの影が揺れていた。口火を切ったのは七瀬であった。

「まず平さん、言っておくことがある」

「おい……」

お春の前で名を呼んでしまっている。

「いいの。これは勤めじゃなく、平さんの勝手なんだから」

「なるほど」

今回、七箇条を先に破ったのは己である。七瀬の言う通り、これは勤めに入らないのかもしれない。

「私はやらないって言ってないんだから、勝手に決めて出て行かないで。大将も凄く心配していたんだから」

「そうか……すまん」

平九郎が素直に謝ったものだから、七瀬は深い溜息をつく。

「この際だから言わせて貰います」

七瀬が改まったような口調になる。

「おう」

「私が平さんと一緒にお勤めするようになって二年。赤也はもうすぐ三年。正直なところ、平さんの過去だけは出来るだけ触れないようにしている」

「ああ、そうだな」

平九郎の過去を二人も知らない訳ではない。ただほとんどその話題を出さなかった。ただ一人、茂吉がたまに尋ねてくるだけである。

「今回、依頼を受けた訳もそのことでしょ……」

平九郎は頷くだけに留めた。赤也は知らぬ振りをして道端の都忘れを一本抜く。七瀬は少し間を空けて再び口を開いた。

「私は平さんが晦ましてくれたから今がある。今度は平さんの力にもなりたいの」

「今回のことは関係ないだろう？」

「そうかもしれないけど……娘さんのことが過ったからでしょう。一人で悩まないでよ」

今まで腫物を触るような思いをさせてきたのだろう。七瀬が「娘さん」という言葉を使ったのは初めてのことだった。

「すまない」

「お春、ほい」

赤也は先ほどの都忘れで器用に輪を作ると、それをお春の指に嵌めてやった。

「すごい。赤也さん器用なんだね」

「平さんほどじゃねえよ」

「平さんのほうが器用？」

お春も知らぬうちにそう呼ぶようになってしまっている。

「勿論。平さんは飴細工が得意なんだぜ」

「おい……赤也」

「勤めじゃねえよ。な？」

赤也が振ると、七瀬も微笑んで頷く。いつも喧嘩ばかりしているが、今だけは息がぴったり合っている。

「なあ、平さん」

赤也は首の後ろで手を組み、夜空を見上げた。

「ああ」

「俺も七瀬と一緒」

赤也はそう言うとからりと笑った。

「赤也、こんな時くらいびしっと言いなさいよ」

「俺は話が下手だって言ったのはお前だろうが。全部言われちまったんだよ」

「本当にいい加減なんだから」

「へいへい」

二人のやり取りが面白いのか、お春の忍び笑いが聞こえてくる。

「二人とも……すまねえな」

「今度からは頼むって素直に言ってくれよな」

赤也がこつんと肩を叩いてきた。

「そうするよ」

平九郎は下唇を噛(か)みしめた。己一人でも必ず見つけ出す。そう思って故郷から江戸に出て来た。その決意もいつしか凝り固まって、我執のようなものに変わっていたのかもしれない。

「そうそう。何で来たかよね」

七瀬が唐突に話題を転じる。

「何かあったのか?」

「あの日、平さんが出て行ったでしょう。その何日か後、赤也が急に暖屋(なわて)に入るって言い出したの」

「暖屋？」

標的は菖蒲屋なのだ。何故暖屋に潜入する必要があるのか。

「今の平さんは、きっと暖屋の動きまでは頭が回らないだろう……って」

赤也は相変わらず惚けた顔で天を仰いでいる。

「確かに……考えもしなかったな」

「馬鹿だけど、いいところあるんだから」

「だから馬鹿は余計──」

赤也が反発するのを遮って七瀬はまた話を戻す。

「赤也は浪人に化けて入ったの」

「商家に？　浪人？」

いよいよ話が読めず、平九郎は眉を寄せた。これには赤也が話し始めた。

「播州浪人、一刀流免許皆伝、灰塚蓮二斎って触れ込みよ。しっかり皆伝書も贋物を用意してな」

「ほう……」

赤也は剣の達人として暖屋に自らを売り込みに行ったらしい。　腕は良くとも食い詰めている木田丹左衛門のような男が、江戸にはごろごろ溢れている。そのように商家の用心棒に収まろうとする者は珍しくない。

「菖蒲屋を狙っているのは平さんだけじゃねえ。そんな時に達人が来たら必ず喰いつくと思ったんだが……」

「喰いつかなかったということか」

「当たり」

赤也は前を向いたまま指を一本立てる。

「使えそうな者は誰でも使いそうなものだがな……」

畷屋はかなり切羽詰まっていた。はした金で腕の良い者を囲えるなら、押さえておきたいはずである。

「これはすでに誰か当てがついているなと感じた。そこで俺はこう言ってやったのさ……」

赤也は拳を口に当て咳払いを一つした。

「では仕方ない。あと近くで大きな身代といえば菖蒲屋か……ってね」

声が急に酒焼けした男に変じたものだから、お春は驚いて左右をきょろきょろと見まわす。平九郎は赤也が声真似を得意としていることを教えてやった。赤也は他の声をねだるお春を宥め、続きを話し始める。

「そしたら畷屋の主人、余程浮かれていたんだろうな。にたりと笑ってこう口を滑らしやがった」

──老婆心ながら一つ……お止めになったほうがよろしいですよ。死ぬことになる。

普通ならばここで終わりであるが、赤也は並の変装と一味違う。架空である灰塚某の性格まで作り込んでおり、それになり切る。腕に自身のある浪人ならばそう言われては退かぬと、敢えてそこで激昂して見せた。

「江戸でも俺に勝てる者などそうおるものか、ならばその者を連れて来い。即刻叩き切ってやる。嘘だと言うならば覚悟せよ……と、刀に手を掛けてやった」

剣の腕に自信を持つ者の中には、そのように病的なまで強弱に拘る輩がいる。亀之助ほど世間に明るい男ならば、それも当然知っているだろう。妙なところを突いてしまったと大いに焦ったに違いない。

「で、口を割ったのか？」

「ああ、自分が菖蒲屋への襲撃を目論んでいるんだ。そうそう捕方を呼べやしねえ。鯉口を切って迫ってやると、ここだけの話にして下さいと前置きしてな……」

「誰だ」

「炙り屋さ」

背筋に悪寒を感じて振り返った。畷屋がその者に依頼したとすれば、今すぐに後ろから斬りかかってきてもおかしくないのだ。お春も何事かと驚いている。

「お春、すまない。それにしても……迅十郎とは厄介だな」

「かなりな。これは平さんといえど苦戦すると思い、急いで駆け付けたって訳さ」

炙り屋。金さえ払えばどんなものでも「炙り出す」ことから、その名で呼ばれている裏稼業の者である。炙るのは身を隠した人の場合もあるし、その者の秘密の場合もある。それが人である場合、晦ますことを生業としている平九郎らと真っ向からぶつかることになる。

事実、一度刃を交えたことがあったが、今まででも類を見ないほど過酷な勤めとなった。しかも平九郎が役目を終えた後、迅十郎も役目を果たしたと聞いている。そういう意味では痛み分けというところか。

「あれは勝てるとは言い切れねえ」

「おっかねえ……それほどかよ。盗めねえのかい？」

赤也は顔を引き攣らせつつ訊いた。

平九郎の流派は井蛙流と謂う鳥取藩の流派である。ある時、その流派に異端の者が出て、諸国修行の旅に出た。

男は幾ら強くなろうとも、人から学ぶ謙虚さを失わなかった。人から技を盗み、研鑽を積み続けたのである。

その想いがある「技」を生み出した。どのような流派、技でも真似て吸収することである。いわば剣術における「見取り」を発展させたものであるが、その精度、速さは他者とは比べ物にならぬ。まさしく一見して真似る様は盗むと表現しても差し障りない。

男は生涯、一流派を立てることは無かった。井蛙流の本質、

——己は井の中の蛙。

という戒めを守ったのである。故に平九郎の井蛙流と、鳥取藩の井蛙流、名は同じでも似て非なるものである。赤也らもそのことを知っており、迅十郎の技を盗むことが出来ぬかと訊いているのだ。

「あれだけは出来ねえ」

「何故？」

疑問に思うのも無理はない。剣術にかかわらず、平九郎が一目見て様々な技を模倣するのを、赤也は近くで見てきている。飴細工の技などその最たるものである。

「俺はお前の筆捌きは真似出来るが、白粉をどこに塗れば顔が変わるかは判らない」

「なるほど……」

「演技もそうだ。動きを真似出来ても、それだけじゃ大根役者だ。声も変えられねえしな。ましてや七瀬の知恵なんて、頭の中を真似られる訳がない。迅十郎の剣はそれに似ている」

「なるほどねえ。見込みは？」

「まともに斬り合えば五分だ」

赤也は唾を呑み込んだ。

「でも今回は私たちがいる」

それまで聞くに徹していた七瀬が凛然と言った。

「何か策があるのか？」

「高井戸に着くまでに追いつかれなければね。もう尾けられているということはある？」

「まずないだろう。追いついたら即刻仕掛けてくる」

前回は戦っては撒き、撒いては戦い、その数は実に四度に亘った。一匹狼であることと、剣に絶大な自信を持っていること、そのことから無用な策を弄する者ではない。

「逃げても絶対に追いついてくるなら……いっそ高井戸で待ち受ける」

「返り討ちにするということか」

正直、確実に仕留められる自信はなかった。かつてあれほど苦戦したのは、師匠を除いて他にいない。

「いつ奇襲されるか判らないからこちらが不利なの。こちらから奇襲を掛ける」

七瀬はすでに腹案があるらしい。平九郎は力強く頷いた。

「よし。頼む」

七瀬と赤也は顔を見合わせ、同時に口元を緩めた。もう迷わない。この二人に命を預ける覚悟を決めている。

三

「ほう……よく出来たものだ」

菖蒲屋の土蔵にあった穴を進みながら、迅十郎は一人呟く。隧道にはところどころ補強がなされている。それがどうも桶の底を抜いたものらしく、この円に合わせて掘ったものらしい。頑丈かつ、工程を早める良い手法であろう。

出口の縦穴から顔を出し、周囲を見回す。

――床下か。

見極めると、手で床板の隙間はないかと探った。それを見つけると、下から思い切り突いて畳を撥ね上げた。民家である。人気は無い。すでに撤収が済んでいるということか。方向、距離から察するに菖蒲屋の斜向かいの家らしい。

迅十郎は畳に上がると、思い切り鼻孔から息を吸い込んだ。まだ人の香りがある。

――一足遅かったか。

昨日ということはあるまい。恐らく今日の夕方から、亥の刻までの間。最も前として五刻（約十時間）、後として二刻。追えぬほどの遅れではない。

迅十郎はすぐに飛び出さず、家の中を物色した。人が暮らしている形跡がある。これまで見たものから、敵の人物像を考えねばならない。

一つ、掘られた隧道について。これは数人掛かりで掘っており、うち少なくとも一人は高度な知識を持っている。

二つ、桶を使っていることから、急ぐ必要があった。

三つ、この家には住人がおり、その者たちから大金で借り上げたことになる。

四つ、隧道という手段を採ったということは、土蔵に見張りがいることを知っていた。

眉間に当てていた指をすうと離し、迅十郎は独り言ちた。

「玄人だな」

どうやら敵も裏稼業の者らしいと判断を下した。裏稼業の殆どは殺しを生業にしており、この手の勤めをしている者は少ない。

「くらまし屋か」

迅十郎は凡その目星を付けると家から飛び出した。

くらまし屋であるとするならば、お春本人の依頼を受けたことになる。己と同じく大金を取る「くらまし屋」に、お春がどのようにして依頼したのかはこの際どうでもいい。お春が望むことといえば、一つしかない。

――武州多摩。

そこに故郷があり、母が病に臥しているという話は、亀之助から聞いている。多摩に向かうとすれば甲州街道しかない。江戸の夜には木戸が設けられ、辻番や木戸番が見張っている。馬を使うことは考えにくい。ましてや十一歳ほどの娘を連れていれば目立ち過ぎる。徒歩で向かっていると考えるのが妥当だろう。

お春はそれほど速くは歩けまい。夜を徹して歩けば眠たくもなる。途中からはおぶって向かうのではないか。さらにそれに加え、五刻の遅れがあると仮定すれば、追いつける地が見えてくる。

「高井戸か」

迅十郎は闇に溶けるほどの声で囁いた。

正直なところ迅十郎にはもう追う理由は無い。畷屋の亀之助の依頼はお春の身柄の確保ではなく、あくまで、

――菖蒲屋の名声失墜。

なのである。亀之助にも言ったように、勤めというものは全てこちらの思い通りにはいかない。突発的な事象に対し、順応して事に当たらねばならない。

今回の場合、お春がすでに連れ去られているとは考えもしなかった。そこで留吉を唆し、抜け荷のことを吐かせたのである。筆跡、血判からもはや言い逃れすることも出来ない。これを亀之助の手で奉行所に投げ込めば、事は全て解決する。つまりお春を追わずともいいのである。

だが迅十郎はそうはしなかった。

――あいつを斬る。

そう思い極めている。くらまし屋とは以前一度やりあったことがある。その時、この男は今後も己の邪魔になると痛感した。くらまし屋は子どもを連れて逃げているこ

とになる。討ち果たすまたとない好機であろう。

四

迅十郎が高井戸に着いたのは翌日の昼前であった。追手がいることに気付いているとは思えないが、旧内藤新宿でやり過ごすことも考えられる。主だった旅籠などに探りを入れねばならず、そこで少々時を食った。

大振りの菅笠も買い求めた。昨夜、菖蒲屋に忍び込んだ時点ではまさか高井戸を目指すことになるとは思いもよらず、こうして旅籠に聞き込みをすることも想定していない。やはり勤めとは全てが己の思うままにはいかない。その都度、最善の手を考えてゆかねばならぬ。

迅十郎は高井戸でも同じように旅籠に聞き込んで回った。その都度、相手を見て小粒から一分金程度の礼をする。そうすると人は面白いほど口が滑らかになることを知っている。

数軒目に訪ねた旅籠では、奉公人と思しき男が店先を箒(ほうき)で掃き清めていた。迅十郎はゆっくりと近づくと、今までと同じように小粒を握らせて尋ねた。

「ああ、その二人ならうちだよ」

旅籠の奉公人は周囲を見回すと、口に手を添えて言った。

迅十郎の読みは間違っていない。早朝に発ったとして三刻以上の遅れ。次の布田五宿は旅籠が九軒しかない小さな宿場である。身を隠すのには適さない。となると、府中まで一本道を進むことになろう。必ず追いつく。

さらに人相を訊いたところで、迅十郎は確信した。

――くらまし屋……堤平九郎だな。

迅十郎は気付かれぬほど薄く笑むと、続けて尋ねた。

「いつ発った？」

すでに小粒を渡しているが、追加で一分金を下から差し出す。奉公人は片手を添えて隠すように取ると、迅十郎の耳元で囁いた。

「いつもなにも……まだいるよ」

「なんだと。まことか」

「何でも娘が昨晩熱を出したとかで、大事を取って昼過ぎに出るらしい」

「そうか。すまなかった。俺が来たことは……」

さらにもう一枚。一分金である。奉公人は卑しい笑みを浮かべて了承した。

――さて、どうするか。

まさか旅籠に踏み込んで連れ去る訳には行くまい。しかも相手はあの平九郎である。一筋縄でどうにかなる相手ではない。

かつて迅十郎はあれほど手を焼いた男はいない。何度斬り結んでも、その度にまるで別人を相手にしているような感覚に襲われる。一刀流かと思えば念流、いや柳生新陰流だと見抜けば、次に戦う時には見たことも無い太刀筋で切り返してくる。一人の中に幾人もの猛者が詰まっている。そのような印象である。

そのような男を仕留めるには、

――奇襲を掛けて、何も出させずに斬り捨てるのが最も良い。

迅十郎はそう考えている。菖蒲屋の土蔵を守っている中には相当な手練れがいることが解っていた。だからこそ手こずると見て、夜討ちを掛けて仕留めたのだ。子ども連れで高井戸を昼に出ては、夕刻に府中に辿り着くことは難しい。陽が落ちてからも歩かねばならず、狙うならばその時が良かろう。

迅十郎は旅籠から離れて出入りを見張ることにした。通常ならば半町も距離を置けばいいだろうが、あれほどの相手ならば気配を感じ取る可能性もある。その倍の一町を空ければまず気付かれる心配はない。

旅籠を見通せるところにある掛け茶屋に入り、迅十郎は静かにその時を待った。

五

茶屋で時を潰し一刻ほど経ったか。時刻は未の刻（午後二時）より少し前であろう。注文を途切らせていないため、店の者も嫌な顔はしない。迅十郎は酒の入った椀を置くと、ふいに立ち上がった。

「金は置いておく」

多すぎるほど置いて茶屋を出た。旅籠から子連れの侍が姿を現したのである。迅十郎は一町の距離を取りながらその後を追った。

宿場の喧騒の中ではこれで十分であろうが、人気が絶えるとこれでも気づかれるかもしれない。さらに倍の二町は空けねばならない。迅十郎は己の目には自信を持っていた。見失うことはない。

高井戸の宿場から出ると、何もない田園風景が続く。春の陽射しが心地よく、すれ違う旅人もどこか浮かれたような顔をしている。会釈をしてくる者もいる。そんな時は迅十郎も菅笠の鍔をちょいと摑み会釈を返す。しかしその間にも、視線はしっかりと平九郎らを捉えていた。

やはり布田五宿に泊まることなく通り過ぎた。斜陽が道にてかてかとした照りを与えている。この時刻ともなれば人通りは殆どなく、頃合いが近づいていると見た。

街道沿いにある観音院を過ぎた頃、平九郎は提灯を取り出して火を入れた。素人ならばこれで追いやすくなったと思うだろうが、ここからが正念場である。野犬に提灯を括りつけ放つ。そのようなこともしかねないほど場慣れしている相手である。

染谷（そめや）不動に差し掛かった時、事態が動いた。提灯の明かりが社（やしろ）の中へと吸い込まれていったのである。

――野宿をするつもりか。

それならばさらに好都合である。寝首を掻くことが出来る。

だが迅十郎はすぐに考えを改めた。火の動きが速い。走っているのだ。尾けているのが露見したと思うほかない。迅十郎は脚を速めて後を追った。

染谷不動は静寂に包まれている。火を消したようで提灯も見えない。

――返り討ちを狙っているのか。

迅十郎は刀の柄に手をやり五感を研ぎ澄ました。

（くらまし屋さん……）

迅十郎の耳朶は微かな声を捉えた。幼い女の声である。

（どこ……？　くらまし屋さん……）

これがお春の声であろう。境内の裏に広がる雑木林のほうから聞こえる。追われていることに気付き、染谷不動に入ったはいいが、はぐれてしまったというところか。迅十郎は思案した。ほんの一呼吸ほどの短い時である。

――こっちが先だ。

もう菖蒲屋の汚点を炙った今、お春の価値は下落している。とはいえ捕まえるに越したことはない。お春さえ押さえてしまえば、必ず平九郎は姿を見せて奪還に来る。その時お春には、新たに人質としての価値が生まれるだろう。

迅十郎は跫音を立てずそろりと足を運んだ。

（くらまし屋さん……助けて……怖い）

声は鬱蒼と茂る藪の中から出ていた。迅十郎は息を止めると、さっと草木を手で掻き分けた。

「何――」

お春ではない。子どもでもない。女ですらなかった。夜でもはきとわかるほど肌の白い、眉目秀麗な若い男がそこにいるではないか。

「ざまあ」

恐怖に抗うように、顔を歪めて男は言った。その刹那、迅十郎は背後に凄まじい殺気を感じ、身を投げるように横に飛んだ。草木の擦れる音がし、青い臭いが鼻孔を揺らす。

「くらまし屋！」

次の斬撃が来る。迅十郎は地を転がるように逃げ、その勢いを利用して立ち上がった。

左腕が熱い。肩の辺りが切り裂かれている。迅十郎は着物の切れ目を引き裂いた。袖を捲って傷に押し当て血を拭う。脂が浮いているのが見える。傷は浅くは無いが骨には達していない。

――やれる。

迅十郎は即座に判断すると、闇を撫ぜるように右手を柄に滑らせた。

六

己の息が浅くなっていることを感じ、平九郎は夜風を思い切り吸い込んだ。

――化物め。

そう思わざるを得ない。平九郎の放った一撃は確実に迅十郎の背を捉えたはずであった。しかし迅十郎は猫を思わせる身のこなしで躱す。続いて打ち込むが、これも水車のように転がって避けた。僅かながら手ごたえは感じたが、必殺の一撃を躱された衝撃のほうが大きい。

刀は左肩を掠めたらしく、立ち上がった迅十郎は傷を改めた。そして口元を緩めると、流れるような所作で鞘から刀を抜き放ったのである。

「堤よ、危うく死ぬるところだった」

迅十郎は刀を正眼に構える。肩は相当痛むはずだが、その素振りは微塵も見えない。

「万木……迅十郎」

平九郎もやや八相気味の正眼に持ち直す。

何故互いに名を知っているかには訳がある。前回、死闘を繰り広げた時、何と迅十郎が自ら名乗ったのである。

――俺の名を知って生きている者はいない。

そう言った。呪いでもあるまいが、裏の道にはこのような験を担ぐ者が多い。

――こちらも同じよ。

平九郎は強がって自らも名乗った。そうでもしなければ呑みこまれてしまうほど、迅十郎の殺気は凄まじかった。だが今日まで互いに掛け合った呪詛の言葉は効果を現していないことになる。

に退いた。

「お春はどこだ」

「さて、どこであろうな」

己でも知らぬ内に武家言葉になっている。刀を抜くとどうしてもこうなってしまうのである。迅十郎が僅かに爪先を滑らせる。それに合わせて平九郎は踵を捩じるように退いた。

お春は染谷不動に入った時、そこで待ち受けていた七瀬に預けた。すでに裏から抜け出して府中を目指している。同じく待っていた赤也が幼女の声で林に引き込み、背後から平九郎が仕掛ける。ここまでが七瀬の策である。

「あの声真似……すっかり騙された。よい男を飼っておる」

「大人しく飼われる男ではない。それに声真似だけではないぞ。小粒に一分金二枚、小遣いを弾んでくれたこと礼を言う」

「ほう。あれがそうか」

箒を使っていた奉公人、あれは赤也が変装した姿であった。平九郎とお春が泊まっている旅籠の前にわざわざ立たせて、敢えて情報を流したのである。昼に発つと知れば、迅十郎は必ずや甲州街道で夜に仕掛けてくる。あとは陽の傾きと相談してこの染谷不動に誘い込めばよい。

平九郎は動揺を誘うつもりで暴露したが、迅十郎は揺るがない。反対に鋩を少し揺らして誘い込もうとする。

「今日はどんな貴様を見せてくれる」

迅十郎は不敵に笑う。

「円明流などどうだ？」

「面白い」

平九郎は刀をさらに八相に近づけ、ぽつりと言った。

「あの世に晦め」

「ぬかせ」

迅十郎が地を蹴って迫り、痛烈な刺突を繰り出した。平九郎は身を開いて躱して薙ぎ払う。円明流の型などではなく、柳生新陰流の待ちの技、「肋一寸」である。迅十郎はそれを見抜いていたかのように、刀を旋回させて受け止めた。

「見えているぞ」

迅十郎が呟くと同時に、平九郎は大きく飛び退き、宙で斬撃を繰り出した。これは古流である鹿島新當流の動きを模倣したものである。並の者ならば敵が退いたと見て踏み込んでくるが、迅十郎は反対に大きく仰け反って避ける。両者に間が生まれ、再び剣を構え直すことになった。

「心の一法……厄介なことだ」

平九郎は舌打ちをした。迅十郎が何の流派かということは見抜いている。だがその流派はいかに平九郎としても模倣出来ない。

「二階堂平法に猿真似は通じぬ」

二階堂平法とは、相州鎌倉の中条兵庫助の末流、松山主水なる者が創始した流派である。刀術というものは心、技、体の三つを巴のように練り合わせるのであるが、流派によって何に重きを置くかが異なる。

例えば平九郎の師は技を重視し、敵の技を看破して模倣することを編み出した。では二階堂平法が何に特化しているかといえば、それは心である。通常、闘争などでは恐れを殺し、闘志を奮い立たせる。しかし二階堂平法は恐れを隠そうとしない。心が感じた恐怖や殺気をそのまま躰に伝える。そのことで異常なまでの反射速度を生むのである。これを「心の一法」と呼ぶのだ。

――二階堂とは戦うな。

師がそう忠告していたのを覚えている。決して一朝一夕に真似できぬ。あれが開眼するのは、精神が壊れるほどの苦行の果てだろうとも言っていた。

「一文字ではいかぬな。八文字でゆく」

迅十郎は柄に掛けた指を順に開き、ゆっくりと握り直すと横車に構えを取った。

初めて迅十郎と戦った時、一文字も、八文字も技の名だと思った。世の剣客もそう誤解している者が多かろう。だが対峙（たいじ）して分かった。それは技ではない。平易に表現するならば「心構え」とでもいうべきか。自我を消し去る段階のことを指すらしい。二階堂平法が決して「兵法」と書かぬところにも関係している。一、八、十の三文字を掛け合わせて「平」の一字が生まれる。つまり三つの段階があるということにほかならない。数が上がるほどに自我は消え、より心に従順に、野性を解き放つのである。

迅十郎は菅笠を取って放り投げた。目の色が変わっている。八文字の段階に入った証（あかし）である。

「死ね」

言葉を置き残して向かってきた。鵂（みみずく）の滑空を思わせる、低く、凄まじい速さである。

——肋一寸。

再び柳生新陰流の奥義の一つを引き出した。これほど待ちに優れた技はないのである。横薙ぎを躱して撃ち込む矢先、宙が歪むのを目の端に捉えた。平九郎は咄嗟（とっさ）に躰を右に振り、迅十郎の脇をすり抜けた。

——軌道が曲がる！

通常有り得ない。斬撃にしろ、刺突にしろ、一度出せば勢いがついているため、途中で曲げるなど不可能に近い。それを迅十郎はやってのける。平九郎は敢えて懐（ふところ）に飛び込み、迅十郎の柄を取った。接近戦に持ち込むつもりである。

「竹内流（たけのうち）柔術、絡月（からみづき）……」

逃げようとする相手の力を逆手に取り、投げてねじ伏せる技である。しかし迅十郎にはその心算が見えるのか、逃げるどころか強烈な頭突きを見舞われ、平九郎は手を離してしまった。

迅十郎の白刃は止まることを知らない。平九郎はあの手、この手で防戦に徹する一方である。

「平さん！　後ろ！」

赤也が叫ぶ。背に大木があり、これ以上退がることが出来ない。迅十郎の目は虚（うつ）ろで、まるでうたた寝をしているかのような表情である。これが自我を消し、心に従うということか。

——もし二階堂と止む無く刃を交えるならば……。

師の声が脳裏に過った。迅十郎の飛ぶような唐竹割を躱して距離を取ると、平九郎は懐に手を捻じ込んだ。取り出したのは、銑鋧と呼ばれる手裏剣である。指の間に三本、腕を交差させるように振りかぶる。

「天武無闘流、山茶花」

三本の銑鋧が月光に煌めき、迅十郎に向かう。その刹那、迅十郎の目が刮と見開いたのが見えた。迅十郎は二本を躱し、一本を刀で叩き落とす。その時、平九郎はすでに宙を舞っている。

「天眞正自源流、風割……」

平九郎が自重全てを掛けて打ち込んだ一撃を、迅十郎は辛うじて受けたが、その勢いに耐えきれず後ろへ吹っ飛んだ。すぐに立ち上がったものの、迅十郎は向かって来ない。己の刀をまじまじと見つめて呟く。

「なまくらめ」

「まだやるか」

平九郎はゆっくりと正眼に戻す。

「止めだ。刀が折れた」

こんと拳で峰を叩くと、刀は真っ二つに折れ、高い音を響かせて先が地に落ちた。

「血も流し過ぎた」

迅十郎は左肩をちらりと見た。雨に降られたように着物が濡れている。

「赤也、先に行け」

平九郎は背後の赤也に呼びかける。

「でも……」

「行け！」

叫ぶと同時に草木が動く音がし、赤也が去っていったことが解る。

「次の一手が、あれを人質に取ることとよく解ったな」

迅十郎は苦笑して折れた刀を鞘へ戻す。折れた刀をこちらに投げ、赤也との距離を一気に詰め、抜き払った脇差を首筋にあてがう。そのような企みだったのだろう。

「いいのか？」

こちらが訊くのもおかしな話であるが、以前の迅十郎ならば目的を達するまで決して諦めなかった。

「そうそうかち合うことも無いからな……この際、邪魔者は殺してやろうと追ったまでよ」

「お春はいらぬと？」

「あればよし、無くてもよし。すでに勤めは終えている」

迅十郎は興を失ったかのように言った。亀之助が灸ることを依頼したのは、お春ではなく、留吉の弱みだったのではないか。そしてそれは別の方法で既に達している。そうでなくては説明がつかない。

「それにしても……手強い男だ。銑鋧とはな」

迅十郎は微かに頰(ほお)を緩める。

「心の一法は、相手の殺気を感じ取り、意識するより早く躰を動かすというもの。銑鋧そのものには殺気はないからな」

師が教えた二階堂平法への対抗策がそれであった。心の一法を遣っている時、相手が生き物でさえあれば、たとえそれが小さな蠅(はえ)であろうとも躰が反応する。しかしそれが物であればその限りではない。銑鋧を放った時、迅十郎は視覚に頼り、心の一法を解く。その一瞬に平九郎は賭けたのである。

「お春を多摩まで送るつもりか」

迅十郎は袖を切り裂いて血止めを施しながら、唐突に尋ねて来た。

「さあな」

このように油断させて聞き出す策かもしれず、迂闊(うかつ)なことは言えない。

「俺にはどちらでもよいことだ。無駄足だと思うが」

「どういうことだ」

「留吉に会った。あれは実に小さな男よ……まあ、気張るがいいさ」

迅十郎はそう言うと、地に転がった菅笠を取り、ふわりと頭に乗せて続けた。

「次、またかち合えばその時は斬ってやろう」

身を翻し、そのまま歩み出す。あれほどの血を流していながら足取りは力強い。平九郎はそこでようやく刀を鞘に納める。迅十郎の陰影と闇の境が曖昧になる。その光景はまるで迅十郎が夜を従えているかのようにすら見え、平九郎は口を尖らせて息を吐き出した。

七

平九郎は府中に入り、先着していた七瀬とお春、そして赤也と合流して旅籠に泊まった。遂に故郷に帰れるということで、お春は心が躍るのか、目が冴えてなかなか眠れなかったようだ。

翌日の日が傾き始めた頃、ようやくお春が生まれた村に辿り着いた。辺鄙な農村である。しかもここのところの不作のせいか、畑仕事に出ている百姓の顔にも活気は感じられない。

畦道を歩くと、百姓たちがこちらを見て何か囁き合っている。このような村に武士、町人、町娘、そして幼い娘と変な取り合わせで来たことを訝しんでいるのかと思ったが、どうやらそうではないらしい。その視線は笑みを抑えきれないお春に集中している。

「平さん」

七瀬も気付いたようでそっと袖を引いた。

「ああ……」

どうやらお春が戻って来たことに驚いているだけではない。何か含みがある視線なのだ。

「そこを曲がったら家」

お春はもう堪え切れないようで走り出した。赤也も苦笑しながらも嬉しそうにそれを追いかけた。お春の家は粗末なものである。茅屋といっても過言ではない。

お春は小さな拳を丸めて戸を叩いた。中で人の動く気配がし、ゆっくりと戸が開く。

「お、お春⁉」

「ただいま。おっ父」

お春の父は戸惑いを隠せないようである。その時、中からか細い声が聞こえてきた。

「お春……本当にお春なのかい？」

「おっ母‼」

お春は家の中に飛び込んでいった。父はようやくこちらの存在に気付いたようで、困惑気味に会釈をした。

「どなた様で……？」

「拙者は信濃高遠藩、原田平次郎という者」

「これは……」

父は恐縮して深々と頭を垂れた。甲州街道を使う歴とした武士といえば、信濃高遠藩のほかに高島藩、飯田藩くらいしかない。

「国元に帰る途中、高井戸宿で一人多摩に向かうお春と知り合った。幼い子どもの一人旅は不用心と、老婆心ながら送り届けた次第だ」

「そのような……身に余ることでございます」

「こちらは同じく知り合った夫婦で、お隆と常助。この者らも是非見届けたいと付いてきてくれた」

父はこちらにも礼を言い、むさ苦しいところですがと前置きして中へ誘った。中に入る前からすでにお春の号泣する声が聞こえている。お春は薄い茣蓙に横臥する母に縋りついている。そのすぐ傍らにはお春よりもう一回り小さな男の子がおり、両手を目に添えてこちらも、わんわんと声を上げて泣いている。お春から聞いていた二つ年下の弟、与吉であろう。

「この方々がお春を……」

母は身を起こそうとしたが力が足りぬ。そんな様子である。

――これは……もういかぬ。

医の道の素人である平九郎でも一見して解った。顔は紙のように白く、唇はここに来るまでに見た都忘れのように紫になっている。白目もやや黄味掛かっており、視力を失いつつあるのか瞳も鳶色に見えた。

「そのままに」

平九郎が言うと、母は痰の絡まったような咳をして、絞るように繰り返した。

「ありがとうございます……ありがとうございます」

その目から一筋の涙が零れる。

「お春、我らは行く」

「はい……」

こちらが身分を偽っていることに合わせ、話し方を変えてくる。やはり賢い子である。

「じゃあな、側についていてあげろよ」

「お春、達者でね」

赤也、七瀬も別れを告げ、三人で外に出た。父だけは外まで見送りに出てくると、板戸をゆっくりと閉めた。その時、微かに下唇を噛んでいたことを平九郎は見逃してはいない。

「ありがとうございます。今生(こんじょう)の別れをさせてやることが出来ました……」

「では、お春を頼みます」

平九郎はそう言い残すと家を後にした。お春の生家なのだから、他人の己がわざわざ「頼みます」などと言う必要はあるまい。ただ平九郎が抱いた一抹の不安がそうさせた。

「あの様子じゃ長くはないだろうが……それでも会えてよかったな」

赤也は穏やかな表情で空を見上げつつ歩く。

「うん……」

七瀬は浮かない顔である。平九郎と同じことを考えているのだろう。

「なあ、赤也、七瀬。先に帰ってくれないか」

「またかい？」

前回の勤めでも先に二人を帰した。そうなると世間の目を眩ませるため、夫婦を演じねばならない。赤也はそれが不満であるようだ。それは七瀬も同じはずだが、こちらは唇をきゅっと結んで頷いた。

「悪いな。頼む」

平九郎が低く言うと、赤也もようやく意味を察したようで頷いた。春だというのに、頬に当たる風は冷たい。冬が最後の悪足搔きをしているのか。それとも今年の春が暖かさを忘れたのか。そのような詮無きことを考えつつ、平九郎はどこか淡く見える田園風景を眺めていた。

八

「どうなっている……どうなっている。炙り屋」

留吉は苛立ちを抑えきれずに、文机を蹴り飛ばした。文机は畳の上を転がり、角が襖に突き刺さる。炙り屋がこちらの陣営に寝返った日、つまり襲撃を受けた日から二日経っている。

あの日の翌日、奉行所に夜盗の襲撃を受けたと報告した。奉行所は前回撃退した時の意趣返しであろうと判断し、盗まれた物はないかと尋ねて来た。

そこで留吉は、懲らしめるために土蔵に閉じ込めていた奉公人の少女が連れ去られたと告げ、おいおいと声を上げて涙まで流して見せたが、内心では笑いを堪えるのに必死であった。

——災い転じて福となすとはよく言ったものだ。

炙り屋をたらし込み、こちらに引き込んだのである。自身の弁才、勇気を称えよと吹聴して回りたいが、流石にそれは出来ない。留吉はその日の夜にはよい報告が聞けるだろうとほくそ笑んでいた。

しかしその日、炙り屋は現れなかった。明日は金右衛門にお春を引き渡す日である。思いのほかてこずっているのではないかと心配が過ったが、まだ丸一日ある。明日の朝か昼には戻って来るものと信じていた。

早朝から留吉は土蔵を見に行ったが、炙り屋が帰った形跡はない。昼を過ぎた頃、いよいよ留吉も焦り始めた。

——もう約束の時刻まで六刻（約十二時間）しかない。

陽は容赦なく傾いていき、茜空を作る。それでもやはり炙り屋は現れない。返り討ちにあったのではないかとも考えた。だがそれは無いだろうと己に言い聞かせる。あの木田丹左衛門を難なく仕留めた男である。そう易々と敗れるとは思えない。

戌の刻を過ぎた頃、ようやく留吉は覚悟を決めた。

――期限を引き延ばすしかない。

と、いうことである。

この段になると流石に炙り屋が嘘をついて、寝返るふりをしただけではないかと疑い始めている。しかしそうであったならば、考えるに恐ろしい。己は抜け荷への加担を認める証文を書き、血判まで押してしまっているのだ。恐怖が留吉の思考を止めた。まず一日でも長く引き延ばすしか思いつかなかった。

約束の子の刻（午前零時）、留吉は木場に出向いた。そこには金右衛門と、頬かむりをした長身の男の二人が待ち構えていた。

「はて……お一人とは。お春はどこに？」

金右衛門は髪の毛のように目を細めた。

「それが……昨夜、急に腹が痛むと苦しみ始め、とても動かせる状態ではないのです」

「それは大変です。丁度、よい。この者は医術の心得がある。診に行かせましょう」

金右衛門は頰かむりの男を手で指す。

「い、いやそれには及びません。すでに医者には診せました。明日には本復するとのことです」

「それはよかった。ともかくそのような次第では仕方ありませんね。明日……明日、同じ時刻にここで待ちましょう」

「ご迷惑をお掛けします……」

「明日は腹が痛もうが、骨が軋もうが、連れてきて下さい。たとえ屍であっても」

金右衛門は急に早口で捲し立てると、にっこりと微笑んだ。留吉は背筋に冷や水を掛けられたような心地で、こくこくと何度も頷いた。

しかしその翌日も炙り屋は戻らなかった。それどころか、あってはならないことが出来したのである。

「主人の留吉はいるか」

奉行所の同心が岡っ引きを引き連れて菖蒲屋に乗り込んできたのだ。留吉は無理やり笑顔を作って応対する。

「過日の夜盗の調べの続きでしょうか。それならば存分に……」

「昨夜、お主が抜け荷に関与していると自供する文が奉行所に投げ込まれた。真偽を確かめたい故、同行するように」

――炙り屋め!!

腹の中で喚き散らした。震える膝を押さえる手もまた、小刻みに震えている。留吉は覚束(おぼつか)ない足取りで歩み出し、同心たちに付いて奉行所へと向かった。

筆跡が過去の己が書いたものと同じであること、血判の紋様と、己の親指の紋様がぴったりと一致すること、この二点で奉行所は留吉本人が書いたものと断定した。

留吉も自身が書いたことはあっさりと認める。しかしそれは夜盗に脅されて書いたものだと訴えた。あながち嘘ではないのである。

留吉が認めたことで、争点は自主的に書いたものか、脅されたものかを見極めることになった。

「仮牢に入ってもらう。明日、詮議を続ける」

それが奉行の出した結論であった。

「今日、帰らねばならないのです！」

留吉が幾ら訴えても通るものではない。当然ながら木場に赴(おもむ)くことは出来ず、金右衛門に再度日にちの延長を申し出ることも出来ない。その夜、留吉は隙間風が身に染みる仮牢で一睡もしなかった。

翌日、詮議が再開された。この日はどこでどのように脅されたのか、それを検証するということで、与力、同心に連れられて菖蒲屋に戻ることとなった。

与力が一人、同心が二人、岡っ引きが二人、小者が四人、計九名に囲まれて留吉は奉行所を出た。その日は春を感じられるような陽気であったが、留吉の心は晴れない。金右衛門のこと、炙り屋のこと、己の身代のこと、様々なことが脳裏に浮かんでは消える。

日本橋に入り、大通りを真っすぐに進む。このまま五町ほど行けば菖蒲屋である。往来には人が溢れかえり、中には留吉と顔馴染みの者もいた。奉行所の者に囲まれていることで、何か悪事を仕出かしたのかと囁き合っているのも見えた。

あと三町といった時、すれ違おうとした女と同心の肩がぶつかった。女は手に持っていた笊を落とし、山盛りになっていた蒜が通りに四散した。

「これは、すまぬ」

与力以外の者が総出であれ足元だ、それ溝に落ちたなどと、蒜を拾い集める。それが留吉を妙に安心させた。己は現に生きている。そう思える光景だったのである。同心たち以外の通りすがりの者も、あっちだこっちだと手伝う。その中に前髪が取れたばかりのような若武者もいる。その若武者は、

「あんなところにも！」

と、留吉の背後を指差し、てくてくと歩いて来る。昨日から眠っていないからか、留吉にはそれが何故か滑稽に思え、口元が緩んだ。

（書いちゃいけないな）

すれ違い様、若武者がそう囁いた。

「あんな遠くまで！」

これも若武者の声である。走り始めたのか、軽快な跫音が聞こえた。留吉は喉から熱いものが込み上げてくる感覚に襲われた。

「……血？」

手が真っ赤に染まっている。喉が熱い。与力の吃驚する声、同心の叫び声、女の悲鳴、様々な声が混じり合う。その音もやがて遠くなり、視界が霞んでくる。留吉は躰から何かが剝がれていくように感じて膝を折った。そして以降、何一つ目に映ることはなかった。

九

お春は僅かな荷を持って家を出た。雲雀が競うように鳴く早朝である。振り返り、ゆっくりと戸を閉めていく。――ごめんね。

眠る与吉の横顔に向け、心の中で呟いた。寝返りをうった父は薄目を開けていたように見えるが、起きて見送るどころか、声一つ掛けてはくれなかった。昨夜のうちに、明日の朝ここを出て行くと告げてある。

平九郎たちが送ってくれた翌々日、母は静かに息を引き取った。最後の最後までお春の名を呼び、やせ細った手で、お春の手を優しく撫でてくれた。

父から話があると言われたのは、その日の夜のことであった。

「何故逃げて来た！」

まだ母が亡くなって間もないのに、父が急に声を荒らげたものだからお春は驚きのあまり声も出なかった。

「菖蒲屋さんから早飛脚で文が届いたぞ」

お春が帰る前日のことらしい。お春が菖蒲屋の金品を盗もうとしたので、土蔵に閉じ込めていたが、どうした訳かいなくなった。恐らく実家に帰るだろうと思う。即刻追い返して欲しい。さもなくば当初渡した銭の半分を返金して頂きたい。反対に帰してくれるならば、追い金を支払う用意がある。文の内容はそのようなものであったらしい。

「そうじゃない！」

お春は事の真相を訴え続けた。弟の与吉は何の話かは解らないものの、事が重大だということだけは察したようで、わんわんと声を上げて泣き出した。父は下唇を噛んで一瞥するのみで、お春が背中を摩って慰める。

しかし父は聞く耳を持たなかった。葬儀すら出せぬほど家は困窮している。その上、返金などと言われれば一家で首を括らねばならない。

「一家？」

お春はその一言に引っ掛かった。母は今日亡くなった。父は己を追い出そうとしている。残るは父と弟の与吉のみである。ならば「二人とも」と言いそうなものである。

「実はな……」

父は一転して少々心苦しそうに話し始めた。

すでに後添いが決まっているというのだ。好いているとか、母を蔑ろにするつもりはないと言う。

「ただ、そうでもせんと生きてはいけん……」

父と幼い弟だけでは田畑を耕していけない。一方の相手も夫に先立たれ田が荒れ放題になっているらしい。互いに食っていく。ただそのためだけだという。

嘘ではないだろう。父の表情からそう感じた。それでもお春にとっては、自分が戻らねばならぬことよりも、堪えがたい事実であった。

「分かった。明日、菖蒲屋に戻る」

お春は笑顔を作って見せた。父や与吉が飢えることは母も望んでいないだろう。もしかしたら母は、生きていた頃から、そのことを知っていたのかもしれない。知っていて口に出さなかった。お春にはそのように思えて仕方なかった。

「文には路銀が添えられていた……これだ」

父は紙包みを取り出してお春に渡した。一分金が一枚。これでまた自分の人生は逆行する。いや本当はもう少しあったのだろう。旦那はお春一人で戻ってくるとは思っていない。父が連れて来いという意味であろう。となると一分では心許ない。一分が二枚。それなら一両を添えるはず。ならば答えは一両と一分。

菖蒲屋で役立つようにと必死に算盤を練習していたから、変なところだけ賢しくなってしまった。今ではそれも恨めしい。

「姉ちゃんはまた出て行くの？」

母がいなくなったばかりで不安なのだろう。与吉はお春の袖を引いた。

「ごめんね。おっ母のことで少し暇を貰っただけだから、奉公に戻らないといけないの」

「次はいつ帰る……？」

与吉の目に涙の膜が張っている。お春は頭をそっと撫でた。

「そうね、文月の藪入りには戻れたらいいな。よし、今日は一緒に寝ようか」

そのようなやり取りを聞かぬように努めているのか、父はやはり何も言わなかった。

お春は与吉が眠るまでずっと額を撫でてやった。

お春はこうして最後の一夜を過ごし、家を出た。

「来た時は楽しかったな」

畦道を行きながら、お春はぽつんと呟いた。怖い目にも何度もあった。それでも平さんは頼り甲斐があって、

——こんなおっ父の娘なら自慢だろうな。

なんて考えもした。

赤也さんは少し調子がいいけど都忘れの輪っかを作ってくれたし、七瀬さんみたいな恰好いい女の人にも憧れる。そんなことを思い起こしながら、お春は大きく育ちすぎた土筆が生えた畦道を行く。

こんな小さな村にでも境はある。小川が流れており、そこに丸太橋が架けられてい

る。そこを渡ればもう村の外である。

丸太橋が見えて来た。近くに誰か立っている。早朝から畑仕事に精を出す村の誰か、それとも魚を釣りに行く隠居か。

お春は畦道を行く。春の畦道である。

丸太橋に近づくと、折角涙を拭いたばかりなのに、また溢れてくる。今度は拭っても、拭ってもきりがない。いよいよ渡るという頃には、水で洗ったように顔が濡れてしまっていた。

「お春」

「何で……帰ったんじゃ……」

「今から帰る」

差し伸べられた手に、お春はそっと手を重ねた。

二人は畦道を行く。うららかな日差が降る春の畦道を。

紺碧の空の吐息のような優しい風は、路傍の草花を柔らかく撫でていく。触れ合って奏でる音が、明日へ送り出してくれる、ささやかな声援のように思え、お春はぎゅっと手を握りしめた。

終章

平九郎（へいくろう）は本郷にある飛脚問屋を訪ねた。伊介（いすけ）、いや風太（ふうた）に会うためである。

「旦那（だんな）!?」

風太は意外だったようで眉（まゆ）を寄せた。

「今日、暇があるか？」

「腕がまだ治らねえんで、近場だけにしてもらっているんです。今終わって一杯引っかけて帰ろうと……」

「じゃあ、付き合え」

風太の顔に少しばかり緊張が走った。不測の事態が出来（しゅつたい）した。だからこそまたこうして会いにきたと思っているのだろう。

風太が帰り支度を終えて出て来ると、平九郎は顎（あご）を振って歩き出した。風太もすぐに追いついて横に並ぶ。

「何があったんです？　あっしのこれに問題でも……」

風太は手で筒を作って見せた。

「いや、そうではない。お春を多摩まで送ってきた」

「そうですか！　そりゃあよかった」

風太の顔がぱっと明るくなった。

「日本橋まで付き合ってくれ」

「えらく遠いですね。旦那の馴染みの店で？」

「ああ、美味いものを安く食わせる」

「まさか旦那と酒を酌み交わすなんて……もしかしたら、そこはあの世ってことはないですよね？」

「どうだろうな」

「ああ、おっかねえ」

風太は口を曲げて戯けて見せた。

他愛も無い話を続けているうちにあっと言う間に日本橋に入る。流石は飛脚だけあって健脚で歩みも速い。

「ところで……お春だがな」

「ええ、多摩で達者にやってますかね」

「それが、少し事情が変わった」

「え……」

平九郎は多摩の故郷でお春の身に起こったことを、順を追って説明した。風太の顔が徐々に険しくなり、最後にははっきりと怒気が浮かんでいるのが見て取れた。

「なんてこった！　くそっ！」

風太が叫び、往来を行く人々が何事かと振り返る。

「落ち着け」

「これが落ち着いていられますか？　何でお春がそんな辛い目ばっかりに遭わなきゃならねえんだ……」

本当に悔しそうに握りしめた拳を震わせている。

「で、お春は菖蒲屋に戻ったんで？」

風太は歯を食い縛りながら訊いてきた。

「菖蒲屋は今それどころではないだろう」

留吉は抜け荷に加担した疑いで奉行所に引っ立てられた。今思えば、恐らくこれこそが迅十郎の勤めの成果だったのだろう。取り調べが行われ、その日は仮牢に入れられ、翌日になって現場を検証するために菖蒲屋に戻ることになった。

その道中、奉行所の手の者が周りを固めている中、白昼堂々首を掻っ切られて絶命したのである。主人を失った菖蒲屋は、このまま潰れるのではないかという専らの噂である。

「じゃあ、お春はどこに？」

「江戸にいる」

「えっ！　どこです⁉」

「おいおい話す。俺の馴染みの店はすぐその先だ」

辿り着いたのは波積屋である。平九郎は引き戸を開け、暖簾を押しのけた。

「平さん、いらっしゃい」

板場から茂吉が迎えてくれた。その声は少し嗄れている。

「どうした？　酒焼けかい？」

「ちょっとね、風邪を引いちまったみたいなのさ」

客に酒を出した七瀬がこっちに気付いて近づいて来た。

「いらっしゃい。この方が？」

「ああ、風太だ」

「どうも」

風太はちょいとはにかんで会釈する。

「そこ空いているから座って」

七瀬が指し示す席に二人で着いた。

「七瀬、酒」

「あいよ」

「平さん、あとで私も付き合うよ」

茂吉は菜を切る小気味良い音を立てながら言った。

「大将は駄目。風邪気味なんだから」

「そう言うなよ。酒は百薬の長と……」

「万病のもとと言うから。大将は冬が本当に嫌いで、春はまだか、春はまだかって冬中いつも煩かったのよ」

七瀬がそう言った時、遠くで返事をする声が聞こえた。風太が眉間に皺を寄せて首を捻った時、勝手口の戸が開いて桶を持ったお春が入って来た。

「呼んだ？」

「お春！」

風太は勢いよく席を立ち、卓に膝を打ち付けて悶絶する。

「風太さん！」

「お春……何故ここに」

「平さんが、茂吉さんに働かせてくれるように頼んでくれたの」

お春は桶をことんと土間に置いた。

「人手が足りなかったからね。助かっているよ。お春は本当によく働いてくれるし、銭の勘定も達者だしね」

茂吉は料理の手を休めることなく、こちらを見て顔を綻(ほころ)ばせた。

「風太、たまにここに呑(の)みに来てやってくれないか」

「ああ……勿論だ」

風太は腕で目をごしごしと擦っている。

「来たぜ！　酒、酒、酒！」

丁度そこに赤也が暖簾を潜って来た。

「お春、帰って貰(もら)って。つけを払っていない人はお断り」

七瀬が手を払いつつ目を細めた。

「赤也さん、そうだって」

「お春、お前までそう言うなよ。今日は勝ったんだ。熨斗(のし)を付けて払ってやるぜ」

赤也はそう言いながら入って来てこちらに気が付いた。

「お、平さん。あとで話があー」

赤也は自作の変な唄に乗せて小上がりに進んだ。どうやらまた依頼が入ったらしい。

「風太さん」

お春は風太の前に進み出ると、両手を前で合わせて深々と頭を下げた。

「助けてくれて、ほんとありがとう」

「馬鹿……俺はただ……俺のために」

風太は嗚咽して言葉を詰まらせた。鼻水がつと垂れて、お春はそれを見てくすりと笑った。

人は一日の疲れを酒で溶かし、また明日を歩もうとする。そんな人々の命の賑わいが店内に満ち溢れていた。

波積屋は今日も繁盛している。ただ、より一層賑々しく見えるのは、きっと春が来たからに違いない。

本書は、ハルキ文庫（時代小説文庫）の書き下ろし作品です。

い 24-2

春(はる)はまだか くらまし屋稼業(やかぎょう)

著者　今村翔吾(いまむらしょうご)

2018年8月18日第 一 刷発行
2025年4月18日第十一刷発行

発行者　角川春樹

発行所　株式会社 角川春樹事務所
〒102-0074 東京都千代田区九段南2-1-30 イタリア文化会館

電話　03(3263)5247[編集]　03(3263)5881[営業]

印刷・製本　中央精版印刷株式会社

フォーマット・デザイン&シンボルマーク　芦澤泰偉

ISBN978-4-7584-4189-6 C0193

http://www.kadokawaharuki.co.jp/[営業]
fanmail@kadokawaharuki.co.jp[編集]　ご意見・ご感想をお寄せください。